KB114918

시크릿
메즈

시크릿 메즈 6

가프 장편 소설

초판 1쇄 찍은 날 § 2016년 12월 8일
초판 1쇄 펴낸 날 § 2016년 12월 15일

지은이 § 가프
펴낸이 § 서경석

편집책임 § 김경민
편집 § 이창진, 조현우

펴낸곳 § 도서출판 청어람
등록번호 § 제387-1999-000006호
등록일자 § 1999. 5. 31
어람번호 § 제1-2578호

주소 § 경기도 부천시 부일로 483번길 40 서경B/D 3F (우) 14640
전화 § 032-656-4452 팩스 § 032-656-4453
http://www.chungeoram.com
E-mail § chungeorambook@daum.net

ISBN 979-11-04-90641-1 04810
ISBN 979-11-04-90929-0 (세트)

FUSION FANTASTIC STORY

6.

가프 장편소설

시크릿 메즈

SECRET MEZ

도서출판 청어람

시크릿 메즈

SECRET
MEZ

CONTENTS

제1장
황금 장침(長針)의 도인

〈거대한 정치적 음모가 있다!〉

은재구의 기자회견이 나왔다. 그가 아니라 서철상이 총대를 메고 있었다. 이름도 삐적지근했다.

〈새날당 사수 위원회〉

〈양심적 위원 모임〉

이름 하나는 잘도 만들어내는 사람들이었다. 그 머리를 국민에게 쓰면 얼마나 좋을까?

야당 역시 연일 성명을 쏟아내며 집권당의 추악한 비리에 대해 성역 없는 수사를 촉구했다. 그들의 채널로 통해 수집한 여당의 비리 정보도 홍수처럼 쏟아놓았다.

〈새비리당〉

〈새부패당〉

그들 역시 작명 능력은 여당에 못지않았다.

하상택 건이 결정적이었다.

야당 또한 비리 국회의원 보도 주인공의 한 축을 담당했던 일, 그건 망각의 강에 띄워 버리고 하상택이 전직 청와대 수석 비서관이라는 걸 강조하고 나왔다. 그 비슷한 비리와 부패가 지금도 재현되고 있다며 십자포화를 쏘아대는 것이다.

청와대는 벌집통이 되어 있었다. 전 정부로부터 넘어온 곪은 상처들. 본보기로 하나를 밝혀 부담을 더는가 싶었지만 부실기업 문제는 하나가 아니었던 것이다.

—국고 말아먹은 해외 개발!

—권력이 개입한 특혜 대출!

—재벌을 비호하는 법안 폐기!

어느 것 하나 만만한 게 없었다.

"당장 급한 것만 해도 한둘이 아니랍니다. 굴지의 경제 연구소에 근무하는 선배에게 자문을 구했더니 이전 정권부터 경제 동향을 잘못 읽어서 과잉 투자와 중복 투자를 방치한 게 화근이라더군요. 철강부터 태양에너지, 조선, 해운, 풍력, 건설… 한마디로 총체적 난국이라고 합니다……."

차 안에서 문수가 말했다. 강토는 귀를 기울였다.

"야당도 그걸 알고 있지만 총선이 가깝다 보니 정부의 치부

를 들춰 반사이익을 노리는 거죠. 기왕에 대풍에 대한 책임 소
재가 밝혀진 바이니 정부 차원의 획기적인 조치가 따라야 할
거라고 했습니다……."

"한 방이 필요하다?"

"뭐 그런 셈이죠. 평범한 안타가 아니라 장타나 홈런 정
도……."

"이해룡 의원 동선은?"

강토가 물었다.

"의원 소모임에 참석하고 계파 모임에 갈 예정이었는데 소모
임에 나오지 않았답니다."

"그럼?"

"제가 붙여놓은 친구 말로는 방송국으로 향하고 있다
고……."

"방송국?"

"GBS랍니다."

"GBS?"

강토의 미간이 확 구겨졌다.

"누굴 만나러?"

"시간으로 봐서 곧 연락이 올 것 같습니다만……."

문수가 전화를 바라보았다. 전화가 왔다. 하지만 의뢰를 문
의하는 전화였다. 문수가 기다리던 전화는 5분쯤 지나서야 울
렸다.

"알았어. 다시 연락할게……."

통화를 끝내는 문수의 표정은 좋지 않았다.

"나쁜 소식인가?"

강토가 문수를 바라보았다.

"아직 모르겠습니다. 이해룡이… 채 국장님을 만나고 있다는 군요."

"채 국장님이 이해룡을?"

강토의 미간이 좁혀졌다. 불순한 만남이 분명했다.

"예!"

"둘이 친분이 있나?"

"이해룡이 고등학교 선배입니다……."

'고등학교 선배?'

"어떻게 할까요?"

"뭘 어떻게 해? 당장 그쪽으로 달려……."

강토 목소리에 힘이 들어갔다.

이해룡!

실은 손을 보려던 참이었다. 비록 술수에 빠졌다지만 그 역시 하상택에게 놀아난 사람. 그런 까닭에 포커스를 주로 하상택에 맞췄던 강토였다. 그런데 반성의 기미도 없이 하상택과 손을 잡고 역고소로 나왔으니 참고 넘길 일이 아니었다.

"여깁니다!"

차가 여의도로 들어서자 한 여자가 손을 흔들었다. 차는 그 앞에서 멈췄다.

"저기 일식집에 들어갔습니다."

여자가 문수에게 보고를 했다.

"수고했어."

문수는 여자에게 고마움을 전했다.

"누구야?"

돌아서는 여자를 보며 강토가 물었다.

"마음에 안 드시나요?"

"마음?"

"프리랜서들입니다. 손이 달릴 때마다 불러서 쓰고 있습니다."

"……."

강토는 캐묻지 않았다. 어차피 몸이 넷이라도 모자라는 문수였기 때문이었다.

"내실에 자리를 잡았다는데 기다릴까요?"

"그래야겠지. 내가 불쑥 낄 자리는 아니잖아?"

"차는 저기 있군요."

문수가 주차장 구석을 보며 말했다. 거기 채 국장의 차와 이해룡의 차가 사이좋게 서 있었다. 그 위에서는 작은 플래카드가 나부끼고 있었다.

〈00구 한의사회 침술 강좌 뒤풀이 장소〉

—이해룡…….

왜 채 국장을 만난 걸까?

—채 국장…….

그는 또 왜 이해룡을 만나는 걸까?

한의사회 침술 강좌.

그 단어 때문일까? 머릿속이 더 따가워지는 것 같았다.

차는 도보로 5분 이상 떨어진 곳에 파킹시켰다. 강토의 생각이었다. 가급적이면 존재를 노출하지 않고 상황 체크를 할 수 있길 바랐다.

시계를 보았다. 장철환을 만나기로 한 시간에서 1시간이 남아 있었다. 사실은 지금 출발해야 할 시간. 하지만 그냥 가고 싶지 않았다.

20분이 지나서야 두 사람이 모습을 드러냈다. 채 국장은 혼자였고 이해룡은 젊은 여자 보좌관을 거느리고 있었다. 여자는 예뻤다. 미인계라도 쓰려고 했던 걸까? 강토는 바로 교차 체크에 들어갔다. 당연히 이해룡이 먼저였다.

따끈한 단기 기억이 나왔다. 술잔이 보였다. 이해룡이 따르고 있었다.

"지난번 의원 비리 말이오……."

이해룡이 조심스레 말문을 열었다.

"그거 기획자가 누군지 좀 알 수 있겠소? 후배님!"

"기획자라면?"

"채 국장 인품이야 내가 아는데 채 국장이 기획한 건 아닐 테고… 요즘 시국이 수상해서 그러오……."

"누가 기획한 게 아니라 제보가 들어온 일입니다."

"그게 누구요?"

"익명입니다."

"어허, 우리 후배님 왜 이러실까? 우리가 남남도 아니고……."

"익명 확실합니다."

"후배님, 어려울 때 서로 도웁시다. 그게 우리 학교 교훈 아닙니까?"

"선배님이야말로 왜 이러십니까? 금융위원장 하실 때 청청하던 기개는 다 어디 가고……."

"정말 익명이다?"

"예!"

"좋소. 뭐 그렇다면 내가 후배님 말을 믿어야지. 하지만 다음부터는 국회의원과 연관된 뉴스 소스는 나한테도 좀 건네주기 바라오. 아시다시피 이 바닥도 정보가 없으면 따당하기 일쑤라오."

"참작하겠습니다……."

거기까지는 괜찮았다. 이해룡의 청탁을 채 국장이 거절한 것이다.

'다음은…….'

채 국장!

그의 기억은 전과 같았다. 딱히 이해룡과 야합을 하기 위해 나온 게 아니라 청와대 서별관 회의 건을 확인할 기회로서 응한 것뿐이었다.

'젠장!'

잠시나마 불손한 생각을 한 게 미안했다. 채 국장은 양다리가 아니었다.

헤어지기 직전, 이해룡이 바구니 하나를 내밀었다.

"지리산 더덕이라오. 내 아는 약초꾼이 이번 일로 상심이 크겠다면서 몇 바구니 보내왔어요. 귀한 시간 빼앗은 죄로 하나 드리니 등심 한 근 끊어다가 약주나 한잔하시구려······."

물론, 채 국장은 한사코 거절했다. 하지만 이해룡은 끝내 바구니를 안겨주고 차에 올랐다.

선물이었다.

앞으로 자기 관련 뉴스가 들어오면 미리 알려달라는 청탁!

강토도 선물을 생각했다.

'뒤통수치는 인간에게 걸맞은 선물을!'

강토, 입구의 차 안에서 이해룡을 기다렸다. 앞을 지나가는 순간 매직 뉴런을 발사할 생각이었다. 그런데··· 채 국장 쪽에서 카랑한 고함이 터져 나왔다.

"이 선배님!"

퍼억!

동시에 바구니가 바닥에 팽개쳐졌다. 바구니가 박살 나면서 주먹만 한 더덕이 나뒹굴었다. 그리고··· 박살 난 이끼풀 바구니 사이에서 보석 상자가 엿보였다. 뚜껑이 열린 그 안에서 삐져나온 건 역시 살구알만 한 두꺼비 한 쌍이었다.

"채 국장!"

다시 돌아온 이해룡이 채 국장을 바라보았다.

"요즘은 금더덕도 나는 모양이군요. 이빨이 부실해 먹을 수 없으니 가져가시지요······."

채 국장의 목소리는 또렷했다.

"이 사람… 우리 사이에 성의 좀 표시한 걸 가지고……."

"뭐가 우리 사이입니까? 사람 뭘로 보시고!"

"이건 그냥 정으로… 윽!"

채 국장을 설득하려던 이해룡이 이마를 잡고 휘청거렸다.

"의원님!"

여자 보좌관이 달려와 그를 부축했다. 그때였다. 거친 숨을 고르던 이해룡의 눈이 뒤집혔다. 그 눈에 여자 보좌관의 허연 허벅지가 들어왔다. 목덜미도 보였다.

"의원님!"

뭔가 이상한 걸 느낀 보좌관이 물러섰다. 하지만 늦었다. 그녀의 팔을 당긴 이해룡은 보좌관의 원피스를 찢어버렸다.

"꺅!"

비명이 하늘을 찔렀다. 비명만으로 끝난 것도 아니었다. 이해룡, 그대로 보좌관을 보닛 위로 밀쳤다. 그런 다음 그녀의 원피스를 뜯어내고 야수처럼 애무하기 시작했다.

때마침, 침술 강좌 후에 회식을 가졌던 한의사회 손님들이 쏟아져 나왔다. 그때까지도 이해룡의 야만은 멈추지 않았다. 오히려 보좌관의 속옷까지 물어뜯으며 기세를 올릴 뿐이었다.

빠악!

짐승의 유희는 그 소리와 함께 끝났다. 한의사 하나가 빈 술 상자를 가져와 이해룡 뒤통수를 찍어버린 것이다.

찰칵찰칵!

스마트폰 터지는 소리가 곳곳에서 들렸다. 그것으로 끝이 아니었다. 몸을 세운 이해룡, 이번에는 한의사들 중에서 치마를 입은 여한의사를 덮쳤다.

빠악!

다시 빈 상자가 작렬하는 파열음이 허공을 갈랐다.

빡!

작은 소리도 한 번 이어졌다. 희롱당한 여한의사가 청동 침곽을 던져 이해룡의 이마를 맞힌 것이다. 이해룡은 보았다. 눈앞에서 비산하는 크고 작은 침들… 그 침을 한 번에 다 박아주는 것보다 더 아픈 미래가 그에게 손을 흔들고 있었다.

띠뽀띠뽀!

순찰차가 요란을 떨 때, 강토와 문수 역시 요란스럽게 도로를 달리고 있었다. 채 국장은 만나지 않았다. 만나기는커녕 거기 왔던 사실도 알리지 않았다.

문수는 눈을 감고 있는 강토를 돌아보았다. 강토의 입술은 미동도 하지 않았다. 하지만 문수는 알 수 있었다. 주차장에서 일어났던, 국회의원에 의한 여성 보좌관과 한의사 성폭행 미수 사건. 그게 누구의 작품인지……

"더 밟아. 그러게 황 부실장 데려오자고 그랬잖아?"

강토는 눈을 감은 채 문수를 재촉했다.

변연계…….

이해룡을 변하게 한 건 감정의 뇌로 불리는 변연계였다. 원래는 가볍게 전두엽이나 만져서 치매 비슷한 선물을 줄 생각이었다. 그런데 금두꺼비가 일을 그르쳤다. 파렴치한 행태를 보고 흥분해 버린 것이다.

대뇌의 변연계는 쾌락도 담당하고 있다. 성적 욕구가 일어나면 대뇌피질과 연합해 사람다운 섹스를 하도록 통제한다. 강토, 그 평형을 깨버린 것이다. 변연계에 이상이 생기면 욕망의 표현도 기괴해진다. 사람이 아닌 동물과도 그 짓을 할 수 있다.

그러니 이해룡, 어쩌면 강토에게 고마워해야 할 일이었다. 만약 그 옆에 개라도 있었다면…….

'경고는 성공!'

이해룡은 이제 끝장이었다. 방송국 국장에게 안기려던 뇌물, 자기 보좌관과 한의사에 대한 성폭행 미수. 언어유희를 좋아하는 의원 나리들이지만 그건 변명의 여지가 없을 일이었다.

—술에 취해서?

—곡해?

그 어떤 핑계를 대기에도 목격자가 너무 많았다. 목격자들의 퀄리티가 너무 좋았다.

강토는 시계를 보았다.

20분 정도 늦을 걸 40분을 늦고 말았다. 다시 눈을 감았다. 기왕 늦은 일. 도로를 날아갈 수도 없었다.

'운전은 역시 덕규지.'

강토는 문수 몰래 웃었다.

"좀 늦었습니다."

고개를 숙이며 약속 장소에 입장했다. 먹자골목의 깊은 골목, 그 안에 자리 잡은 작은 내실이었다. 벽에는 수십 년에 걸쳐 적혔을 낙서들이 알타미라 동굴의 벽화처럼 고풍이 되어가는 전통 찻집이었다.

"방 실장에게 미리 들었으니 미안해 말고 앉으시게……."

안에 있는 사람은 둘이었다. 장철환과 허 경제 수석.

"이 기사 보았나?"

장철환이 스마트폰을 내밀었다. 거기 강토가 달려온 차량의 속도보다 빠르게 올라온 인터넷 기사가 보였다.

〈만취 이해룡 의원 여성 보좌관과 한의사 성폭행 미수〉

〈색욕에 사로잡힌 색마, 한의사들이 제압〉

그 아래 기사까지 읽는 건 차마 시간 낭비였다.

"이해룡이 방송국 국장을 만났다고?"

장철환이 물었다.

"예!"

"자구책이었을까? 기사를 봐서는 발악으로밖에 안 보이는데?"

"발악이 맞을 것 같습니다. 그것도 추한!"

"드세!"

장철환이 차를 권했다. 허 경제 수석도 잔을 들었다.

"어떠신가?"

"뭐가 말씀인지?"

"권력이라는 폭풍 속… 그 속에 들어온 기분……."

"……."

"더럽지?"

"예……."

"이럴 때 주도권을 움켜쥔 사람에게는 둘 중 하나의 옵션이 들어온다네. 하나는 협박이요, 또 하나는 회유……."

"……."

"회유란 곧 감투 아니면 돈이지."

"……."

"어떤가? 자네를 독점하려는 사람이 자네에게 국립 연구소 같은 곳에 원장자리 하나를 준다고 하면? 아니면 차떼기 정당처럼 현금을 한 트럭 싣고 오면?"

"제가 많이 늦었군요. 두 분이 그런 생각까지 하실 여유가 있었던 걸 보면……."

강토는 엷은 미소로 질문을 비껴갔다.

"아직 젊기에 말씀드리는 거라네……."

"걱정하지 않으셔도 됩니다. 백수로 있는 동안 나름 인생의 도를 깨달은 저니까요……."

"슬픈 말이지만 결과론은 듣기 좋군. 허 수석!"

분위기를 잡은 장철환이 허 수석을 돌아보았다.

"혹시 방금 내 머리를 읽었습니까?"

허 수석이 물었다.

"일 없이 뇌파를 쓰지는 않습니다."

"그럼 내일 나 좀 도와주십시오……."

"……?"

"서별관 회의 건은 고맙게 생각합니다. 하지만 그게 꽃을 피우려면 내일이 더 중요합니다."

내일!

약속이 겹쳤다.

시간은 도노반과의 약속과 딱 2시간 차이. 장소도 도노반을 만나는 광화문 쪽이라고 했다.

"시간을 비워보죠……."

도노반과의 비즈니스가 오래 걸리지 않을 것 같아 수락을 했다. 허 수석 얼굴에 뜬 비장미 때문이었다.

하상택을 사냥한 서별관 회를 꽃피우는 일. 이번에는 또 누구를? 무슨 꽃을 피우려는 걸까?

*　　　　*　　　　*

"내일 저녁이라고요?"

장철환을 보내자 문수가 물었다.

"그렇다는군. 도노반 건 말고 또 겹치는 스케줄 있어?"

"있으면 앞뒤로 조절해야죠. 중차대한 일이라면서……."

"무슨 건일 거 같아? 방공명?"

"예?"

"제갈공명 말이야. 방 실장은 방씨니까 방공명이잖아?"

"그건 과찬이시고……."

노트북 화면을 바꾼 문수, 화면에 뜬 분석표를 보며 말을 이어갔다.

"경제 수석이 나서는 일이라면 아무래도 부실기업 정리 건일 거 같습니다."

"총수들을 불러올 테니까 그들 속내를 관통하라?"

"그럴 수도 있고……."

"아니면 기업 비리를 캐내 양동작전?"

"그것도 가능하겠군요."

"아무튼 보기는 좋군."

강토가 혼자 웃었다.

"왜죠?"

"청와대 직원들 말이야, 똥줄 타게 일하고 있잖아? 청와대에 들어갔으면 저 정도는 뛰어야 하는 거 아니야? 제 욕심 챙기고 대우나 받으려는 권위 의식 말고 말이야."

"똥줄은 대표님이 제대로 탈 것 같은데요?"

"뭐야? 또 나 모르는 스케줄 나왔어?"

"내일 오전에 상담 건이 하나 끼어들었습니다. 한의사 침술 사기 건이라고……."

"침술 사기?"

"그게 조금 복잡합니다. 그런데 피해자가 사무실에 와서 4시간이나 버티며 자해 비슷한 소동까지 벌이는 바람에 황 부실장이 내일 아침으로 임의 약속을 잡아준 모양입니다."

"아, 황덕규 이거……."

"자해 소동에다 그쪽 피해자가 사망한 사건이라……."

사망?

"그럼 경찰서로 가야지, 왜 나를?"

"대충 들어보니 그만한 사정이 되더군요. 그러니 이해하시죠. 다혈질 황 부실장이 창밖으로 내던지지 않은 것만 해도 잘한 거 아닙니까?"

"뭐 그건……."

이야기를 나누는 사이에 차가 사무실에 닿았다. 거리는 이미 어둠에 물든 지 오래였다.

"그럼 저는 갑니다. 황 부실장 닦달하지 마세요."

"알았어!"

차에서 내린 강토가 사무실로 향했다.

"형!"

소파에서 서류를 넘기던 덕규가 반색을 했다.

"세경 씨는?"

"아까 퇴근시켰어."

"누가 와서 자해 소동을 벌였다고?"

"응… 예약을 해도 그렇게는 안 된다니까 막무가내로 나오잖아."

"고생했다. 가자!"

"미안해!"

"뭐가?"

"스케줄 빡빡해서 내가 잘 처리했어야 하는데… 방 실장님도 뭐라 하지?"

"아니, 너 잘했다고 칭찬하던데?"

"진짜?"

"가자. 나도 피곤하니까 가서 시원한 캔 하나씩 까고 자자!"

"헤헷, 듣던 중 반가운 말!"

덜컹!

머지않아 벙커의 강철 문이 열렸다. 어쩌면 을씨년스럽기도 한 수컷들의 성지. 그런데… 스위치를 올린 순간, 덕규가 소스라쳤다.

"이, 이게 뭐야?"

놀라기는 강토도 그랬다. 실내… 완전하게 리모델링이 되어 있었다. 환한 색감의 벽과 함께 완벽하게 튜닝이 된 야전침대, 거기에 더해 후줄근한 가구와 집기들 총교체. 수컷들의 야성과 모험을 제대로 살리면서 공간 배열과 환경 정비를 최대한으로 한 공간이었다.

"으아, 이게 어떻게 된 일이지?"

제 야전침대로 몸을 날린 덕규가 물었다.

"누구겠냐? 방 실장의 테러지……."

"목욕탕도 간지나. 이 투박한 욕조 좀 봐. 푹 담그면 피로 쫙 풀리겠는데?"

샤워장으로 간 덕규가 또 한 번 소리쳤다. 그뿐이 아니었다.

너무 오래되어 탱크 굴러가는 소리가 나던 냉장고도 러스틱 컬러로 변해 있었다. 모터 소리도 나지 않았다. 가만히 문을 여니 안을 가득 채운 맥주와 과일 등이 보였다.

"역시 방문수다!"

강토는 캔 하나를 덕규에게 던져주었다.

"쳇, 다른 건 모르지만 이건 뭐 그렇게 고마울 수는… 형한테 결재도 안 받고 형 돈 쓴 거잖아?"

덕규가 볼멘소리를 냈다. 하지만 그 시기는 오래가지 못했다. 강토에게 날아온 문자 때문이었다.

〈지난번 주신 보너스 일부 썼습니다. 저만 많이 주신 것 같아 팀워크 고려했고요, 대표님 마음은 받았으니 제 개진상 병 고쳐준 치료비로 생각하고 눈감아주세요!〉

"……!"

그걸 본 덕규는 입에 물었던 맥주를 뿜었다.

"봐라, 방 실장이 너하고 똑같냐?"

"……."

덕규는 말문이 막혔다.

역시 방문수.

머리도 좋은 게 가슴까지 따뜻하다.

샤워를 마치고 새 침대에 누웠다. 샤워장에서 들려오는 덕규 콧노래를 들으며 눈을 감았다. 24시간 위에 몇 시간을 더 올려도 부족한 오늘이었다.

하지만 강토의 마음은 내일로 가 있었다. 다른 무엇도 아니었다. 채광수의 아들 지웅이었다. 전인미답의 100점에 도전하는 프로젝트.

'내가 100점 맞는 거보다 더 살 떨리네…….'

강토는 가만히 눈을 감았다.

아침!

참 일어나기 싫은 때가 있었다. 아무도 기다려 주지 않는 하루. 그러나 뭔가는 해야 하는 하루. 그때마다 무거운 마음으로 하루를 시작했던 강토.

이제 그 시절은 사라지고 없었다. 눈을 뜨기도 전부터 할 일이 기다리고 있는 것이다. 더 행복한 건 마음이 맞는 사람들과 일한다는 거였다.

이른 아침, 강토는 덕규와 함께 출근을 했다. 그런데, 사무실 문이 열려 있었다.

'문수?'

…일까 싶었지만 아니었다. 세경이었다. 피곤할까 봐 일찍 오라고 말하지 않은 강토. 그럼에도 그녀는 알아서 사무실을 열어놓았다. 강토가 오는 길까지 닦아놓았다.

"어, 세경 씨!"

조금 늦게 도착한 문수도 반응은 같았다.

"이거 왜들 이래요? 나 여기 부실장이라고요."

세경은 상큼한 블루베리 차를 내려놓고는 자기 자리로 돌아갔다.

"아, 진짜 우리 사무실 일할 맛 난다니까요……."

회의실로 들어선 문수가 밝은 표정을 지었다.

"고마워……."

"뭐가요?"

"인테리어!"

"에이, 쑥스럽게… 그거 돈 얼마 안 들었어요. 그러니 이거나 확인하세요."

문수가 입금표를 내밀었다. 통장이었다. 돈은 많이도 들어와 있었다. 적게는 몇백부터 많게는 반달전자의 50억까지.

"운영비하고 일상 경비, 예비비를 제외하고는 전부 대표님 통장에 넣었습니다. 앞으로는 회계도 체계적으로 해야 할 것 같지 말입니다."

"하여간……."

"그럼 업무 시작할까요?"

"벌써?"

"우리는 '벌써'지만 기다리는 분에게는 '아직'일 수도 있지요."

"그렇군. 도착하셨으면 모셔!"

"그리고… 반달전자 쪽에서 연락이 왔는데 오후에 송 부사장님이 입국하신답니다."

"그래?"

"시간이 좀 안 되냐고……."

"수락했군?"

"죄송합니다. 미뤄둬도 다른 업무 사이에 끼울 수밖에 없어서……."

"됐어. 내가 분신술 배우면 되겠지. 시작하자고……."

이렇게 해서 새로운 상담자와 마주 앉은 강토였다.

침술!

어젯밤에도 본 단어였지만 별로 아는 게 없었다. 다리를 삐거나 힘줄을 다치면 한의원에서 침을 맞는다는 것 외에는. 옛날 사극에서 의원들이 손가락 길이만 한 침을 찌르는 장면을 본 것 외에는…….

"어제 일은 죄송하게 되었습니다요……."

40대 초반의 남자가 들어와 고개를 숙였다.

"앉으세요!"

강토는 소파 앞자리를 권했다.

"선생님이 사람의 마음을 귀신같이 읽어주신다고 해서……."

"귀신까지는 아닙니다. 대략 설명을 듣기는 했는데 다시 말씀해 보세요."

"바로 이것 때문이지요……."

남자가 금빛 침 하나와 5만 원권을 꺼내놓았다.

침과 돈!

뭘 말하려는 걸까?

"실은 제 부친께서 대학병원에서도 포기한 반신불수 뇌졸중 환자입니다요."

남자가 사연을 설명하기 시작했다.

반신불수 뇌졸중 환자!

집안은 먹고살 만했다. 환자가 쓰러지기 전까지 재력을 갖춘 까닭이었다. 아들도 아버지를 도왔다. 어떻게든 아버지의 건강을 되찾으려고 용한 한의사부터 무당까지 찾아가지 않은 곳이 없었다. 그러다 만난 게 문제의 한의사였다.

한의사 남국선!

나이는 88세로 한의원을 접고 초야로 돌아간 사람. 그 이유는 황금 장침 때문이었다. 그는 한때 침술계의 허준으로 통했다. 별명 또한 황금 장침의 도인. 실제로 잘나갈 때는 그 침으로 불치의 병도 상당 고쳐주었다.

그즈음 두어 한의원에서 침술 사고가 발생했다. 수련이 부족한 젊은 한의사들이 사고를 친 것. 그때 화면에 주로 잡힌 게 바로 어른 검지보다 긴 금빛 장침이었다.

장침에 대한 사고와 함께 환자들의 부담이 커지자 상당수 한의사들은 장침을 내리고 작은 입침으로 바꾸었다. 그러나 남국선만은 달랐다.

"장침이 진짜 침이지!"

그러나 그 역시 의료사고에 맞닥뜨리게 되었다. 그건 천 명에 한 번 오는 실수였다. 그런데, 그 한 명이 컸다. 마침 행세깨나 하던 검사 집안의 장모였던 것.

의료 과실에 대한 소송이 길게 이어졌다. 결국 남국선이 패소를 했다. 손해배상액은 크지 않았지만 남국선은 자존심이 상했다.

"한의를 접으리라!"

그는 한의원을 정리하고 초야로 돌아가 약초를 벗하며 살았다. 그저 이웃 사람들에게나 알음알음 무료 침술을 베푸는 것. 그게 한의로서의 활동에 전부였다.

남자는 그 사람의 소문을 들었다. 아버지를 모시고 찾아갔다. 그는 당연히, 고개를 저었다. 환자의 상태는 장침이 필요한 상황. 그러나 모진 시련을 겪은 남국선은 모험을 할 생각이 없었다.

"나를 여기 두고 가거라."

환자가 아들에게 말했다. 환자는 본능적으로 한의를 알아보았다. 자기 자신을 살릴 사람, 바로 남국선이라고 생각한 모양이었다.

허름한 이웃집을 빌리고 아침마다 남국선을 찾아간 지 일주일, 마침내 한의가 침술을 수락했다. 그로부터 한 달 후, 환자는 휠체어를 벗어날 수 있었다. 가벼운 산책도 가능했다. 통나무처럼 굳은 몸에 피가 돌기 시작한 것이다. 신경이 살아나기 시작한 것이다.

"곧 컴백하마!"

건강이 좋아지자 환자는 의욕에 불탔다. 아들은 일주일에 한 번씩 산촌을 오가며 환자인 아버지를 뒷바라지해 주었다.

그리고 4개월 후인 엊그제, 돌연 환자 상태가 나빠졌다. 소식을 듣고 아들이 달려갔을 때, 아버지는 이미 의식이 거의 없는 상태였다. 아버지를 돌보던 남국선이 자리를 비켜주었다. 그러자 아버지는 뭔가를 만류하는 손짓을 보였다.

안 돼!

안 돼!

아버지의 표정은 딱 그것이었다.

지난 주말에만 해도 회복 기세가 뚜렷했던 아버지. 남국선에게 물어보지만 그 역시 이유를 모른다는 말뿐이었다. 어쩌면 남의 손에 대변까지 맡기다 돌아가셨을 아버지. 그나마 명의를 만나 몇 달이라도 자유롭게 산 것을 위안으로 삼았다.

그런데!

장례 때 문제가 생겼다. 유서가 나온 것이다. 공증까지 된 것이었다. 화장은 싫으니 묻어달라는 것과 재산 중에서 서울 교외의 임야를 남국선에게 준다는 친필을 남긴 것. 임야는 현재 시가로 7억이 넘는 상황이었다.

공증에, 유서를 쓸 때 본 증인들까지 있었다. 약초를 캐다 파는 노인이었다.

이상했다. 아들로서는 듣지 못한 말이었다. 유서를 가져다 필적감정을 했다. 몇 개의 획에서 이상한 점이 발견되었다는 감정이 나왔다.

수사 의뢰!

아들은 그 단어를 만졌다. 하지만 문제가 없는 것도 아니었다. 그렇게 되면 필연 아버지의 사체를 부검할 수도 있었다. 그건 유언을 거스르는 일이었다. 고심하던 그에게 지인이 강토를 추천했다. 그래서 강토를 찾아온 아들이었다.

"부탁합니다!"

"도와드리고는 싶습니다만 스케줄이 맞을지……."

"허락만 하시면 제가 당장에라도 그분을 모시고 오겠습니다."

"당장요?"

"지금 여기 경동 한약상가에 와 있습니다. 지인을 만난다던데 그게 아니고 한몫 챙기게 되었으니 다시 한의원 자리라도 알아보는 거겠지요……."

"한약상가라?"

강토가 고개를 들었다. 경동시장이라면 이야기가 달랐다. 사무실에서 그리 멀지않은 거리기 때문이었다.

남자는 결국 남국선을 데리고 돌아왔다. 말다툼이라도 있었던 건지 둘은 잔뜩 상기되어 있었다.

남국선!

사실 도인풍은 아니었다. 기품이 있기는 했지만 주름살 굵은 노인의 모습. 다만 눈만은 노안답지 않게 광채가 나고 있었다.

"크허험!"

남국선은 헛기침으로 불쾌함을 토로했다.

"저도 이러고 싶지 않기는 마찬가지입니다. 선생님도 경찰 좋아하시는 것 같지는 않으니 이분에게 판결을 받자고요……."

남자가 한의사를 돌아보았다.

"그러니까 결국 나를 의심하는 거 아닌가?"

남국선이 노기를 뿜었다.

"의심이 아니라 사실 확인입니다. 선생님 같으면 느닷없이 아버지의 유언장을 들고 온 사람에게 돈을 내주겠냐고요?"

"크흠……."

"이분이 독심술에 유명하시다니 저도 여기서 확인하는 걸로 끝내겠습니다. 필요하면 각서도 써드릴게요……."

"써!"

남국선은 한마디로 말했다. 남자가 각서를 쓰자 공증까지 요구했다. 공증은 서비스 차원에서 문수가 해결해 주었다.

"나 참… 이래서 내가 장침은 다시 손대지 않으려 했건만… 젊은 선생, 그 무슨 용빼는 재주로 내 마음을 읽는다는 건지는 모르지만 빨리 하시구려."

각서를 받는 남국선이 강토를 바라보았다.

'시크릿 메즈!'

매직 뉴런을 불러내면서 남자를 보았다. 그런데 어쩐 일인지 그는 조사받는 남국선보다 더 긴장하고 있었다. 강토는 남국선의 흐린 눈 안으로 매직 뉴런을 밀어 넣었다.

기억!

남국선의 뇌 속 풍경은 복잡했다. 숲으로 치면 기름진 곳도 있지만 상당수는 황폐했다. 뉴런들 또한 시들거렸다. 이제 90줄을 바라보는 노년기. 새로운 것을 받아들이기보다 그저 가진 것만을 꺼내보는 기억 탓이었다.

그나마 기름진 숲으로 들어갔다. 바로 침술의 숲이었다. 일이 많이 밀린 강토, 신속하게 끝내기 위해 단기 기억들을 뒤졌다. 남국선의 기억은 띄엄띄엄⋯ 그래도 이번 사건의 주인공 기억은 당연히 들어 있었다.

권혁길!

남국선은 기억 속에서 권혁길에게 최선을 다하고 있었다. 그러다 수삼 일이 지나자 황금 장침을 꺼내 들었다. 하나가 볼펜 크기만 했다.

"보시오, 권 사장님!"

남국선이 닳고 닳은 오동나무 침갑 안에 든 황금침을 보이며 말문을 열었다. 길었다. 죄다 7촌이 넘는 장침이었으니 길이만 해도 20센티미터가 넘는 포스였다.

20센티미터 이상의 침.

그게 몸 안으로 들어가는 것이다.

쑥!

*　　　　　*　　　　　*

"이게 바로 황금 장침이라는 거외다. 한때는 만병통치였지⋯⋯."

"⋯⋯."

"원래는 백여 개가 있었는데 이제 딱 두 쌈밖에 없수다. 우리 스승께서 직접 만들어서 물려주신⋯ 이런 침은 이제 돈 주고 구하려도 구할 수 없어⋯⋯."

"⋯⋯."

"이걸로 수백 살리고 세 명인가를 죽였소."

"……."

"솔직히 당신 몸은 가망 없수다. 한 20년 전쯤에만 찾아왔어도 내가 어째 봤겠소만……."

"……."

"이 침 정도는 놔야 기대할 수 있는데 써본 지 오래라 감이 없소. 그러니 호침으로 더 굳는 거나 막아볼 테니 그런 줄 아시오……."

황금 장침을 챙겨 일어서는 남국선. 그 팔을 권혁길이 잡았다.

"선생님, 그거 나 놔주시오……."

"죽으면 누구 책임인데?"

"책임은 묻지 않겠습니다."

"당신이 죽으면 책임은 법이 묻는 것이지, 귀신이 된 당신이 묻는 게 아니라오."

"그만한 보답을 드리리다."

"그만하시구려. 돈 때문이라면 당신을 받지도 않았어요."

"1억을 드리리다. 적으면 더 드릴 수도 있어요."

"허어, 나는 늙어서 돈도 필요 없어요. 이 산골에서 돈으로 무엇을 하리까? 내가 젊어서 계집질을 하리까 아니면 먹는 양도 부실한 마당에 산해진미를 사 먹으리까……."

"부탁합니다. 꼭… 제가 죽기 전에 할 일이 있어서 그럽니다. 아니, 죽어서도 해야 할 일이죠……."

"죽어서도 해야 할 일?"

문지방을 넘던 남국선이 걸음을 멈췄다.

"그런 거라면 아들을 시켜도 될 일이 아니오? 보아하니 제법 아버지 생각이 남다른 친구 같던데……."

"그놈이 싹싹한 건 내 재산 때문이죠……."

"재산?"

"아직 한 푼도 안 물려줬거든요."

권혁길이 쓸쓸하게 웃었다.

"당신 목숨은 당신이 알 텐데 왜 그리 인색하시오?"

"고백을 하면 제게 그 황금 장침을 놔주실 겁니까?"

"허헛, 죽을지도 모르는 길을 재촉하는 환자는 처음이군. 어차피 오늘은 더 할 일도 없는데 신세타령이나 한번 들어봅시다."

남국선이 자리에 눌러앉았다.

"……!"

기억을 더듬던 강토, 거기서 출렁 눈빛이 흔들렸다. 매직 뉴런도 그쯤에서 거두었다.

'황금 장침의 도인…….'

강토는 첫인상에서 느꼈던 걸 지워 버렸다. 환자를 위해 다시 황금 장침을 꺼내든 남국선. 그와의 신의를 지키기 위해 노구를 이끌고 서울에 온 그. 누가 뭐래도 도인이 분명했다.

"끝났습니까?"

집중하고 있던 남자가 침을 튀기며 물었다.

"예!"

"결과는요? 저분 말이 맞습니까?"

"예!"

강토는 한마디로 대답했다.

"⋯⋯?"

남자가 눈을 뒤집는 게 보였다. 믿을 수 없다는 표정이었다.

"말도 안 돼. 그럼 왜 아버지가 임종 직전에 손사래를⋯ 그리고 유서에 왜 덧댄 자국이?"

"손사래는 당신에게 보내는 신호였습니다. 잘 살라는⋯⋯."

"⋯⋯?"

"유서에 덧댄 자국은 위조가 아니라 가획입니다. 선친께서 유서를 쓰던 볼펜에 잉크가 떨어지면서 글자 획 몇 개가 희미하게 되자 나중에 다시 덧쓴 거지요. 혹시라도 시비의 소지가 없도록⋯⋯."

"⋯⋯."

"그리고 임야를 준 것도 맞습니다. 죽기 전에 뜻깊은 일 한 번 하고 싶었는데 그걸 여기 남 선생님에게 맡기셨군요."

"말도 안 돼요. 내가 있는데 왜?"

"말 됩니다⋯⋯."

"뭐라고요?"

"아버지의 마음⋯ 잘 아시면서 왜 그러십니까?"

"무슨 마음요?"

"의뢰를 하셨기에 선생님에게도 뇌파를 맞춰보았습니다. 아버지를 대하는 선생님의 속마음, 그걸 굳이 말씀드릴 필요가 있을까요?"

"뭐라고요?"

남자가 인상을 찡그리자 강토가 돈을 꺼내 들었다. 그걸 그의 눈앞에 대고 흔들었다.

"선생님의 우선순위는 사실, 아버지가 아니라 돈 아니었나요?"

"……!"

"낱낱이 다 말씀드려요? 아버지에게 돈을 얻어내려다 실패한 세 번의 일까지?"

"……!"

남자의 얼굴이 흙빛으로 변했다. 잠시 고민하는 눈치였다. 그러다가 결국 신음소리와 함께 의뢰비를 꺼내놓고 물러났다. 강토가 짚어댄 화두들. 틀림이 없었던 것이다.

"고맙소!"

남국선은 딱 한마디를 꺼내놓았다.

"별말씀을… 바쁘신 분을 오시게 했으니 '숨지 한의원'까지 저희 차로 모셔드리겠습니다."

"……?"

숨지 한의원. 그 단어를 들은 남국선 또한 화들짝 놀라며 강토를 바라보았다.

"당신……."

"어서 가세요. 이번에는 살리셔야죠……."

강토가 가만히 웃었다.

"진짜 내 마음을 읽은 게요?"

"돌아가신 분이 그 말을 하셨지요? 오랜 시간 굳은 손을 그분 몸으로 풀고… 황금 장침을 꼭 성공해 달라고……."

"……."

"저도 선생님이 꼭 성공하시기를 빕니다."

강토는 그를 깍듯이 예우했다. 차는 덕규를 시켜 태워 보냈다. 운전은 역시 덕규니까.

"유언장에는 이상이 없나 보죠?"

소파에서 서류를 살피던 문수가 물었다.

"당연히!"

"그런데 왜 대표님 얼굴이 개운해 보이지 않죠?"

"비밀!"

"아, 이거 저도 틈틈이 그 뇌파 좀 배워야겠어요. 대표님만큼이야 꿈도 못 꾸지만 흉내만 내도……."

"독립하게?"

"별말씀을… 저는 대표님 옆에서 늙을 겁니다."

문수의 농담을 뒤로 하고 회의실로 들어섰다. 남국선이 앉았던 자리에는 한약 냄새가 남은 듯했다.

남국선과 권혁길!

강토는 남국선의 기억에서 엿본 권혁길의 '부탁'을 상기했다. 권혁길의 부탁. 그건 가슴 아픈 비극이었다.

권혁길은 숨겨놓은 아들이 있었다. 그 또한 신경성 장애로 하지 마비 신세였다. 그것 때문에 외면하지 못했다. 작은 사업으로 돈은 궁하지 않았으니 친아들 몰래 양육비를 대주었다.

치료에 진전이 없었다. 권혁길은 늙어갔다. 여러모로 보아 한 재산 떼어주어야 했다. 하지만 아들이 있어 눈치를 볼 수밖에 없었다. 설상가상 부동산 경기가 바닥이라 내놓은 매물도 나가지 않았다. 바로 그때, 권혁길이 뇌졸중을 만났다.

오랜 투병을 하면서 장애아 아들은 피폐해졌다. 엄마의 수입만으로는 치료비를 감당하기 어려웠던 것. 어떻게든 한 재산 넘겨줘야 하는데 도리가 없었다.

그러다 만난 의인 남국선. 권혁길은 자신의 몸을 내놓았다. 황금 장침으로 살아나면 다행이고, 그게 아니라고 해도 자신을 실습 대상으로 하여 남국선에게 장애 아들 치료를 부탁하려는 것.

시나리오는 잘 돌아갔다. 침의 명인이었던 남국선. 기어이 감을 찾으며 권혁길의 몸을 상당 정상으로 돌려놓은 것. 하지만 그게 또 화근이었다. 마음이 급한 권혁길이 남국선 몰래 읍내 법률사무소까지 가서 공증을 받아오느라 무리를 해버린 것.

사달은 나흘 후에 났다. 급격하게 건강이 다운된 권혁길. 하지만 권혁길은 오히려 웃었다.

"내 목숨은 이제 아깝지 않습니다."

"……."

남국선, 환자가 죽음을 마다하지 않는 데야 할 말이 없었다.

"꼭 부탁합니다……."

운명하기 직전, 권혁길이 건네준 건 5백만 원 두 뭉치였다. 그 또한 받지 않으려 한 남국선이었지만 그를 마음 편히 보내려고 받아 들었다.

부탁!

살아서도 해야 했고 죽어서도 해야 했던 권혁길의 부탁.

그건 그 아들의 마비를 침으로 풀어달라는 염원이었다. 그 것을 위해 자신의 몸을 기꺼이 실습 대상으로 내놓은 권혁길.

그에 비해 권혁길의 아들은 사실 냉혹한 성격이었다. 아버지를 수발하는 것도 다 재산 욕심이었다. 모든 재산이 아버지 앞으로 되어 있으니 정성을 다해 병을 고치도록 도와 재산을 받는 수밖에 없었던 것.

그랬기에 권혁길, 운명 직전에 손사래를 친 건 남국선을 향한 손짓이었다.

'선생님, 이 애가 알면 안 되오, 안 되오.'

손사래의 의미는 그것이었다.

"대표님!"

골똘하는 사이에 문수가 문을 왈딱 열어젖혔다.

"왜?"

"뭐하시길래 전화를 안 받으세요? 그 녀석이 대표님 어디 있냐고 묻는데요?"

"그 녀석?"

"돌머리 초딩……."

"아, 채지웅!"

강토는 얼른 전화기를 찾았다. 핸드폰은 방석 아래에 있었다. 그래서 소리를 듣지 못한 모양이었다.

"채지웅, 어떻게 됐어?"

강토가 소리 높여 물었다.

"15점요!"

"……!"

15점. 그렇다면 세 개쯤 맞힌 점수였다. 아, 돌머리는 매직 뉴런으로도 안 되는 건가? 맥이 쭉 풀릴 때 지웅이의 목소리가 높아졌다.

"그건 국어 점수고요, 사회는 100점 맞았어요. 대표님, 고마워요, 땡큐!"

"……?"

"100점이라는 건가요?"

문수가 물었다.

"요놈이 사람 가지고 노네? 그렇다는데?"

굳었던 강토의 얼굴이 환하게 펴졌다.

"으아아아!"

잠시 후, 사무실이 환호로 들썩거렸다. 이 소리는, 덕규 소리가 아니었다. 그렇다고 문수일 리는 더더욱 없었다. 그 소리는 바로 슬리퍼를 끌고 달려온 채광수의 비명이었다. 그 슬리퍼 또한 한 짝은 어디엔가 잃어버린 채 달려온 채광수.

"아이고, 선생님!"

지웅이를 무등 태워 달려온 그는 강토를 보자마자 넙죽 큰절을 올렸다.

"아빠, 공부는 이 형이 가르쳐 줬는데?"

지웅이 문수를 가리켰다.

"아이고, 선생님도 고맙습니다.!"

광수가 절의 방향을 틀었다.

"하지만 공부 비법은 우리 대표님에게서……."

문수는 강토에게 공을 넘겼다.

"아이고, 아무렴 어떻습니까? 선생님들, 대표님들!"

광수는 사방팔방에 대고 큰절을 올려댔다. 그 마지막은 덕규 앞이었다.

"……?"

"어이구, 588 왕초가 뭔 일이래? 이런 짓까지 다 하고……."

"에라, 이 자식아. 니가 부모 마음을 알아? 니가 100점짜리 아들 둔 아버지 마음을 알아? 100점이 아무나 받는 건 줄 알아?"

광수는 덕규의 조인트를 후려 깠다.

"아, 진짜… 이게 다 나 때문인데 누굴 때려? 내가 주선한 거라고……."

덕규가 다리를 문지르며 소리쳤다.

"아무튼 정말 고마워. 우리 엄마, 지웅이 시험지 보더니……."

흥분하던 광수의 눈가에 눈물이 고였다. 신기했다. 저 까칠한 인간이 아들 100점에 저렇게 변하다니…….

"지웅아, 진짜 잘했다. 너 진짜 이 아빠 아들이다!"

광수는 지웅을 끌어안고 팽이처럼 돌았다.

"기분 어때?"

광수의 흥분이 가라앉자 강토가 지웅을 바라보았다.

"존나 좋아요……."

"그냥 좋으면 안 되냐?"

"열라 좋아요……."

"게임 만렙하고 올백점하고 바꾸라면 어떤 거 할래?"

"올백점요!"

"왜?"

"게임도 좋긴 하지만 100점 맞으니까 내 짝이 나 다시 보인다고 했어요. 선생님도 처음으로 칭찬해 주고……."

"짝꿍 여자구나?"

"예……."

"예쁘구나?"

"예… 공부도 열라 잘해요……."

지웅은 붉어진 얼굴로 대답했다.

"다음에도 또 100점 맞고 싶으면 여기로 와라. 대신 하루 1시간은 공부해야 돼……."

"그럼 올백점 되는 거예요?"

"아니, 다음에는 두 과목. 또 다음에는 세 과목. 게임 레벨도 한 번에 만렙 될 수는 없을 텐데?"

"좋아요. 다음에는 꼭 두 과목 백점 맞을 거예요……."

"장학금이다. 가면서 맛있는 거 사 먹어."

강토는 만 원짜리 한 장을 쥐여주었다. 지웅이는 헤벌어진 입으로 사무실을 뛰쳐나갔다.

"여기 있다. 50만 원!"

광수가 의뢰비를 내놓았다.

"고맙습니다. 그거 말고 하나 더 있는 거 알죠?"

강토가 말했다.

"당연하지. 여기서 머슴 일 하래도 할 테니까 말만 하라고……."

광수가 기꺼이 말했다. 그러고 보니 말투도 공손하다. 입에 달고 살던 새끼, 자식 등이 사라진 것이다.

"머슴은 필요 없고……."

강토, 광수의 귀에 대로 속삭여 주었다.

"……?"

이야기를 들은 광수 얼굴이 구겨졌다.

"좋은 일을 위해서니까 내키지 않더라도 좀 부탁합니다."

"그런 일은 못 해!"

광수가 단호하게 나왔다.

"……."

"왜냐면 나 이제 녹슬었거든. 대신 기똥찬 년을 하나 임대해 주지. 요즘은 그 일도 여자가 대세니까 애국 한번 하라고 할게!"

표정을 바꾼 광수가 누런 이빨을 드러내며 웃었다.

제2장
미스터리 물질

딩동다라랑당!

시내를 달릴 때 전화가 들어왔다. 모르는 번호였다.

"여보세요!"

강토가 전화를 받았다.

—나요!

목소리가 다짜고짜 튀어나왔다.

"누구시죠?"

—삐 뭐시기의 대표 전화 아니오?

"맞습니다만……."

—나 남국선이라는 사람이외다.

남국선이라면 황금 장침의 한의사.

"아, 예……."

강토가 고개를 세웠다.

―뭐 자랑이랄 것도 없지만 당신 덕분에 곤란에 빠지지 않은 거 같아서 말이오.

"……."

―그 사람이 부탁한 소원은 잘 이루었수다. 다행히 신경이 반응을 보여 내가 데리고 가는 참이오. 한 보름 시침하면 나아질 것 같아요.

"그래요?"

―이 아이 어머니도 함께 가는 길이니 나중에 시간 나걸랑 와서 확인하시오. 그 친구가 내게 준 돈은 이분들에게 고스란히 건네줄 터이니…….

"그건 선생님께서 알아서……."

―아이의 장애는 하루 이틀에 될 일이 아니에요. 다행히 손이 좀 풀려 침이 들어가는 형세니 마지막 의술로 생각하고 매진해 보려고 하오. 인연도 기묘하고…….

"잘하실 겁니다."

―그럼 끊으리다.

말과 함께 통화가 끝났다.

"남국선 한의사!"

문수와 덕규가 묻기 전에 자진 보고를 하는 강토.

"잘된 모양이군요?"

문수가 웃었다.

"실력만큼 인품도 고매한 분이네. 만난 게 행운 같아."

"좋은 사람도 만나고, 좋은 일도 하고, 돈도 벌고… 대표님 덕분에 살맛 납니다."

"그럼 이거 받아."

강토가 봉투를 내밀었다.

"뭐죠?"

"과외비. 우리 인테리어비까지 썼으니 사양 말고……"

"그럼 고맙게 챙기겠습니다."

"대표님, 나는 뭐 국물이라도 없어요?"

운전하던 덕규가 돌아보았다.

"그럼 다음번 과외는 네가 책임질래?"

"Oh, No. 보너스 포기하겠습니다."

덕규는 바로 두 손을 들었다.

차는 이면 도로를 돌아 약간 굽이진 길에 멈췄다.

"보고!"

차에서 내린 문수가 전화를 들었다. 핸드폰에서 은재구의 동향을 알리는 여자 목소리가 흘러나왔다.

"아직 출발 전이랍니다."

문수가 강토를 바라보았다.

"장관을 만나러 간다고?"

"관리해야겠죠. 그래야 존재감이 극대화되실 테니까."

"남은 시간은?"

"교통량으로 볼 때 15분 후쯤에 집에서 나올 겁니다."

"그럼 우리도 자리 잡아야지. 채광수는 어디에 있는 거야?"

강토가 덕규를 바라보았다.

"저기요!"

덕규가 턱짓을 했다. 은재구의 집으로 이어지는 골목길, 그 오른편 모퉁이에 자리한 24시 편의점. 둘은 그 테이블에 앉아 있었다. 아가씨의 옷차림이 댄서 이상으로 찬란했다. 팬티라고 해도 무방할 정도로 짧은 쇼트 팬츠에 나시 티. 바다만 있으면 바로 해변 패션이 될 정도였다.

"그럼 차를 골목 입구로 붙여 대. 여긴 시야가 좋지 않아."

강토는 은재구의 집과 이어지는 길목을 바라보았다. 주차한 곳에서 뒤로 10여 미터. 시크릿 메즈 사정거리이긴 하지만 차를 타고 지나가면 소용이 없을 일이었다.

"그건 지웅이 아빠가 알아서 작업해 주기로 했습니다."

문수는 시계에서 눈을 떼지 않았다. 그러다 10여 분 후, 다시 여자의 전화가 왔다.

"은재구가 나오는 모양입니다. 타시죠."

문수가 뒷문을 열었다. 뒷좌석에 올라탄 강토, 창을 반쯤 내리고 골목을 바라보았다. 채광수, 그의 테이블에는 커다란 콜라 페트병이 보였다. 여자 앞에는 김밥 몇 줄…….

콜라와 김밥… 저걸로 뭘 하려는 걸까?

'지금!'

한순간, 문수의 눈이 매섭게 정지되었다. 마음으로 세던 카운트다운이 끝났다는 신호였다. 부웅, 골목 안에서 차 소리가 들려왔다. 순간, 광수가 김밥을 되는대로 움켜쥐더니 앞 여자의 얼굴과 몸에다 문질러 버렸다.

"까악!"

여자가 비명을 지르며 펄쩍 뛰었다. 서행하는 차 앞머리가 편의점 모퉁이와 직선을 이루기 직전이었다. 광수는 콜라 페트병을 들더니 뚜껑을 닫은 채 미친 듯이 흔들었다. 그러고는 광속구로 날려 보냈다.

푸확!

페트가 차머리에 맞으며 내용물이 튀었다. 누가 봐도 여자를 맞히려는 모습. 하지만 광수의 의도는 애당초 은재구의 차였다.

이 광경… 본 적이 있었다. 언젠가 덕규가 자행했던 귀여운 테러. 그러나 광수의 테러는 덕규의 그것과 레벨이 달랐다.

"뭐야?"

문을 다 내리지 않은 까닭에 파편 폭탄을 맞은 기사가 발끈하며 튀어나왔다.

"이런 쌍!"

콜라와 김밥 테러로 엉망이 된 여자. 허연 팔과 목덜미, 허벅지를 드러낸 여자 머리를 잡고 죽일 듯이 흔드는 광수.

"까아악!"

여자는 찢어지는 소리를 질렀다.

"이봐, 당신 뭐야? 깡패야?"

운전사는 의원의 위세를 믿고 광수를 밀쳤다. 광수는 대꾸도 않은 채 여자를 차창으로 밀었다.

"이봐!"

반대편 문으로 내린 은재구가 기염을 토했다. 순간,

"으어억!"

광수가 팔뚝을 흔들며 비명을 질렀다. 여자가 사정없이 물어뜯어 버린 것이다.

"도와주세요!"

엉망이 된 여자는 은재구의 뒤로 숨었다.

"이런 썅… 너 이리 못 와?"

광수가 제 옷을 찢으며 발악을 했다.

"못 가. 싫다는데 왜 이래?"

은재구 뒤에 숨은 여자도 악을 썼다. 동시에 여자의 손은 전광석화처럼 움직였다. 그 손이 은재구의 가슴에 닿았을 때, 빠앙, 강토의 차가 단 한 번의 경적을 울려주었다. 신호와 함께 여자의 손이 한 번 더 은재구의 가슴을 스쳐 갔다. 그건 정말, 바람보다도 빠르고 흔적조차 남기지 않는 솜씨였다.

'왔어!'

이미 은재구의 전면에서 소리 없는 아우성으로 들끓던 매직 뉴런. 그것들이 목표를 향해 정렬하기 시작했다. 그리고 방탄이 열린 듯 은재구의 뇌 속으로 미친 듯이 밀려들어갔다.

'나이쓰!'

강토는 주먹을 불끈 쥐었다. 마침내 은재구의 뇌를 헌팅하게 되는 강토였다.

흥분과 설렘!

그 느낌이 강토 마음에 들끓었다. 다른 그 어느 때보다 강토는 서두르고 있었다. 왜 아니겠는가? 미치도록 어렵게 얻은 기회였던 것이다.

─은재구…….

─당신의 비밀이 필요해.

─당신이 누군지 다 까발려 달라고.

강토는 매직 뉴런의 돌기마다 열기를 담아, 힘차게 뻗었다. 돌기… 뉴런의 돌기가 정글을 이루기 시작했다. 돌기로 만드는 네트워크. 생체 네트워크에 가속이 붙었다.

후우웅!

불이 나왔다.

〈불!〉

진짜 불이었다.

첫 공천을 받아 여당 후보로 출전한 국회의원 선거. 당시 은재구가 살던 집 창에서 불길이 솟았다. 담장 아래의 자가용도 그랬다.

"불이야!"

비명과 함께 은재구의 아내가 잠옷 바람으로 뛰어나왔다. 곧이어 젊은 은재구가 아이를 업은 채 뒤를 이었다. 소방차가 달려왔다. 사람들도 달려왔다. 선거 운동원들도 달려왔다.

"무슨 일이래?"

"서장석 후보 쪽에서 불 지른 거 아니야?"

누군가 뒤에서 수근거렸다. 그 수근거림 하나로 은재구는 구제되었다. 화재 직전까지 은재구는 야당의 중진과 호각지세를 이루고 있었다. 그러나 여론조사의 조작이었다. 전통적으로 여당에게 유리한 아파트 단지만을 대상으로 조사를 한 것. 은재구를 밀어주는 기득권의 위력이었다.

—이대로 선거일을 맞으면 완패!

은재구는 알고 있었다. 이미 오래전의 일. 선거 부정도 가능했던 시절. 경찰과 안기부에 부탁해 경쟁 후보에 대한 상세 자료를 받았지만 뭉갤 비책이 없었다. 마지막 수단으로 서장석의 사무장을 매수할 생각도 했다. 그 또한 불발이 되었다. 뿌린 돈까지 많았으니 패하면 삼대가 거덜이 날 판이었다.

그때 은재구에게 떠오른 게 자작극이었다. 마침 지방 선거구에서 격분한 후보 한 사람이 상대방의 차에 불을 질렀다가 경찰 수사를 받는 판이었다.

'도 아니면 모!'

은재구는 뒤뜰 창고에서 석유를 꺼냈다. 그런 다음 자기 서재와 자가용에 불은 지른 것. 그건 선거 사무장도 모르는 일이었다.

늦은 밤, 불길이 오르자 준비한 뜨거운 물을 이마와 귀, 팔뚝에 부었다. 은재구가 원한 건 딱 2도의 화상. 이미 발목에 실험까지 마친 그였다. 서재에 불이 치솟자 소란을 부린 후에 아내와 아이를 데리고 탈출했다.

불이야!

불이야!

다음 날, 그는 얼굴과 어깨, 팔뚝에 붕대를 감고 환자복을 입은 채 유세에 나섰다. CCTV는 꿈도 꾸지 못하던 시절, 목격자가 없으니 추측만 무성할 뿐이었다.

자작극은 성공했다. 특히 얼굴에 감은 붕대가 압권이었다. 은재구가 던진 의혹은 누구에게 돌아갔을까? 그가 지른 불보다 뻔한 일이었다. 은재구는 당선되었다. 1,200여 표, 간발의 차이였다.

크허헐!

강토는 등골이 오싹해지는 걸 느꼈다. 자작극… 선거 역사에 있어 한두 번 있었던 것은 아니었다. 하지만 자기 집과 차에 불을 지르다니. 첫 비밀부터 치가 떨리는 일이었다.

'세포 떨리네…….'

다음 기억으로 넘어가는 강토. 쭈뼛 곤두선 머리카락을 달래며 뉴런이 보내온 기억을 열었다.

〈충성 서약서〉

이번에 보인 건 충성 서약서였다.

충성!

군 복무를 한 사람이라면 한 번쯤 외쳐본 구호였다. 사단에 따라서는 복무 내내 질리도록 외치기도 한다. 그 충성은 숭고하다. 지긋지긋한 군 생활 중에도 비장해진다.

그런데… 은재구에게 왜 충성 서약서 같은 것이 있는 걸까? 봉건시대의 맹주도 아닌 그에게. 강토는 속도를 냈다. 그러자 충성 서약서를 바치는 사람들의 얼굴이 영상으로 넘어갔다.

'젠장!'

몇 몇 얼굴을 보기 무섭게 밥맛이 떨어져 나갔다.

'노중권… 하상택… 이해룡…….'

강토가 아는 사람들부터 줄을 이었다. 한결같이 은재구의 서재였다. 그들은 그곳에서 그들만의 군주 은재구에게 바치는 충성 서약서에 지장을 찍었다. 그렇게 쌓인 서약서가 무려 80 여 장이었다.

국회의원부터 장차관, 시장, 군수, 시의원, 정부 투자 기관 임원, 기업가…….

'개새끼들…….'

욕설이 목젖까지 울컥 밀려 나왔다. 충성 서약서는 그냥 쓰지 않았다. 공천이 뒤따랐고 기업에 대한 세무조사 면제나 총수의 횡령, 배임, 혹은 국회 증인 출석 같은 건을 무마해 주며 골드를 챙겼다. 게임 머니나 사이버 머니 골드가 아니라 천국의 빛으로 불리는 24K 순금이었다.

거기서 어처구니없는 장면도 나왔다. 한 정부 투자 기관 임원을 원한 인간이 가져온 골드바에 가짜가 섞여 있었던 것. 은재구는 그걸 그 인사의 면전에 팽개치며 이렇게 말했다.

—믿을 놈 없구나!

푸하핫!

거기서는 차마 뿜지 않을 수 없었다. 그러나 강토의 웃음은 바로, 벼락처럼 잘려 나갔다. 이어진 기억에서 엄청난 장면이 나온 것이다.

"......?"

은재구와 마주앉은 한 사람. 아주 낯익은 얼굴이었다.

젠장!

살 떨리는 욕이 나왔다. 낯익은 얼굴은 현 대통령이었다. 그 또한 은재구 앞에서 뭔가를 쓰고 있었다.

〈이행 각서〉

네 글자가 또렷하게 시선을 박차고 들어왔다.

당시 대통령 후보가 되고자 하던 현 대통령. 은재구 앞에서 충성 서약서를 쓰던 사람들처럼 정중하게 지면을 메워갔다.

강토, 기어이 오바이트가 쏠리고 말았다.

우엑!

우에엑!

"이년이 바람이 제대로 났구나. 오늘 너 죽고 나 죽자!"

광수가 핏대를 올리고 있었다. 불량기를 한껏 드러낸 광수가 은재구에게 다가섰다.

"이 인간이 정신 있는 거야, 없는 거야? 이분이 누군 줄 알아?"

운전사가 광수를 막았다.

"이거 놔. 내 마누라 내 마음대로 하겠다는데 당신들이 뭐야? 뭐냐고?"

광수가 똥배로 운전수를 밀었다. 완력으로는 게임이 되지 않는 운전수였다. 순간, 은재구 뒤에 숨어 있던 여자가 요리조리 기회를 보다가 도로 쪽으로 뛰었다.

"너 거기 못 서?"

광수도 운전사를 밀치고 뛰었다.

"저런 미친……."

운전사가 씩씩거리자 은재구가 그를 세웠다.

"유리는?"

"깨지지는 않았습니다."

"망종들과 상대할 시간이 있나? 우리만 우스운 꼴 될 테니 수습하고 가세."

"알겠습니다."

운전사가 트렁크를 열어 헝겊을 꺼냈다. 콜라를 닦은 은재구의 차가 도로에 올라섰다. 여자와 광수는 건너편에서 실랑이를 벌이고 있었다.

"한심한 인간들!"

은재구는 냉소를 뿜으며 멀어졌다.

"갔어요!"

광수에게 멱살을 잡혀 있던 여자가 말했다. 광수는 도로 쪽을 확인하고 여자를 놓아주었다. 저만치 정차된 차량 사이에서 강토의 차가 나왔다. 광수가 다가가 뭔가를 건네주었다.

"고맙습니다."

강토가 말했다.

"뭘… 이제 된 거야?"

"예, 덕분에……."

대답하는 강토의 목소리는 무거웠다. 그토록 노리던 은재구의 비밀. 오늘에야 겨우 그의 뇌를 열어보았지만 받은 충격이 컸던 것이다.

"아무튼 잊으면 안 돼. 다음번에 우리 아들 100점."

"그러죠. 이건 여자분 수고비입니다."

강토가 봉투 하나를 내밀었다. 광수야 옵션으로 온 거지만 여자는 귀한 시간을 내준 일. 기분 더럽다고 계산까지 잊으면 안 될 일이었다. 나중에 안 일이지만 그녀가 바로 '명동 여신'으로 불리는 소매치기의 여왕이었다.

그 명성은 허튼 닉네임이 아니었다. 강토 손에 쥐어진 건 작은 광물 조각이었다. 여자는 그 짧은 시간에 은재구의 재킷 상의에서 목표물을 꺼내 일부를 떼어낸 후, 감쪽같이 원위치를 시켜놓은 것.

강토와 광수!

미리 약속이 있었다. 매직 뉴런을 방해하는 힘. 그 힘의 위치를 알려주면 작업에 들어가기로. 그렇긴 했지만 그 짧은 접촉으로 물건을 빼내어 시크릿 메즈를 돕고, 은재구가 눈치채지 못하도록 물건을 제자리에 돌려놓은 솜씨란 가히 신의 솜씨에 필적할 일이었다.

제자리에 돌려준 건 은재구의 방심을 위해서였다. 일부를 빼낸 건 분석을 위해서였다. 어렵사리 얻어낸 자색 광물…….

강토는 그걸 눈앞에 대고 덕규에게 시크릿 메즈를 걸었다. 작은 조각. 그러나 매직 뉴런이 미적거리며 걸리지 않았다. 문수로 시험해도 다르지 않았다.

'너였군.'

매직 뉴런을 방해하던 범인. 지구 방사선파를 낸다는 그 물질이었다.

*   *   *

지구 방사선파를 응축한 물질.

강토는 그 안에 아른거리는 인물을 보았다. 그 또한 은재구의 기억이었다. 중국의 시안이었다. 거기서 하상택을 만났다. 대책 회의를 했다. 그런 다음 중국의 지인을 불러 뭔가를 부탁했다. 한 선사를 만났다. 장소는 중국의 전통 찻집. 선사는 시안 후아산 입구의 응천사(應天寺)에 거처하고 있었다. 은재구는 그에게서 그 물질을 얻었다.

신용카드 세 배의 두께쯤 되어 보이는 물질. 그걸 든 은재구가 야릇한 미소를 지었다. 아주 오싹한 미소였다.

'시안이라?'

시안의 후아산은 중국 오악에 속한다. 거기서 나온 물질일까? 아니면 선사가 그 산의 정기를 모아 만들기라도 한 걸까? 중국은 정말 넓고 신기한 나라가 분명했다.

반달전자 본사 앞, 강토는 조각을 주머니에 챙겼다. 그런 다음 잔뜩 굳은 얼굴 근육을 풀었다. 대한민국 최고 기업의 수장을 만나는 자리에서 우거지상을 할 수는 없었기 때문이었다.

아이우에오!

아— 이— 우— 에— 오오!

몇 번 얼굴을 뒤틀자 평소 모습이 나왔다. 강토 속을 아는 문수는 못 본 척 웃어넘겼다.

"이 대표님!"

송 부사장이 직접 나와 강토를 맞아주었다. 그의 그림자 은 부장도 있었다.

"외국에서 오시느라 피곤하실 텐데……."

강토가 말했다.

"나야 뭐 워낙 비행기가 집 같아서 괜찮습니다. 어떤 때는 한 달에 다섯 번 이상 외국을 나가기도 하니까요."

송 부사장은 강토를 안으로 인도했다.

"양하오와는 이제 정리가 된 겁니까?"

"일시 봉합이죠. 기업이라는 게 전쟁터와 같아서 휴전을 했더라도 구멍이 보이면 바로 시장을 내주는 곳입니다. 진짜 살벌하죠."

"그럴 거 같습니다."

"우리 회장님 처음 뵙죠?"

회장실 앞에서 부사장이 물었다.

"예……."

"저보다 화통하신 분이니 오히려 잘 통하실 겁니다. 게다가 저보다도 더 이 대표 팬이 되셨다죠? 공항에 도착하자마자 전화드렸더니 이 대표도 데려오는 거냐고 성화를……."

"고맙습니다."

"천만에요, 그건 내가 드릴 말이고……."

똑똑!

부사장이 노크를 했다.

"들어와요!"

안에서 목소리가 흘러나왔다.

"이분이 바로 우리 대한민국의 신성 이강토 대표십니다."

안으로 들어선 부사장이 강토를 소개했다.

"반갑습니다. 진짜 뵙고 싶었는데… 앉으시죠."

회장이 자리를 권했다. 갓 60을 넘은 나이. 하지만 활기 때문인지 나이는 40대 중반쯤으로 보였다.

"어이구, 저는 나가야겠군요. 아예 아는 척도 않으시니……."

부사장이 옆에서 엄살을 떨었다.

"그거야 당연한 거 아닙니까? 이번 미국 대첩의 일등 공신이 이 대표님이라고 한 게 누구신데요?"

"뭐 그렇긴 하지만 대놓고 차별하시면……."

"그럼 부사장님 좋아하는 차 한잔 올리면 되겠습니까?"

"그 말씀 나오기를 기다렸습니다. 꾹꾹 눌러서 부탁드립니다."

에너지 가득한 대화를 주고받는 회장과 부사장. 반달전자가 왜 잘나가는 건지 알 수 있는 단면이었다. 수장의 저 활기. 그걸 가감 없이 녹여내는 중역. 저것들이 그대로 기업의 에너지가 될 테니 어찌 잘나가지 않을까?

차가 나왔다. 향이 그윽하고 좋았다.

"사실 처음에는 이 대표를 합류시킨다는 보고를 받고 우리 부사장이 너무 기우가 아닌가 싶었어요. 그런데 역시 송 부사장이더군요."

잔을 내려놓은 회장이 웃었다.

"어이구, 이거 마치 엎드려 절 받는 기분입니다. 저는 됐으니 이 대표님이나 챙겨주시죠."

부사장이 손사래를 쳤다.

"일단 이거부터 받으세요. 내가 정말 마음에서 우러나 드리는 사례입니다."

회장이 흰 봉투를 내밀었다.

"의뢰비는 이미 충분히 받았습니다만."

강토가 말했다.

"그냥 챙겨 넣으세요. 여기는 우리 반달 진영이잖습니까? 회장님 주변에 난다 긴다 하는 경호원들도 널렸거든요."

부사장이 강토 쪽으로 봉투를 밀었다.

"그러시면 고맙게 받겠습니다."

"앞으로도 잘 부탁합니다. 이번 일을 기회로 돌아보니 비즈니스의 개념을 바꾸어야 할 것 같거든요. 주요 계약에 있어 상대의 정보를 정밀하게 분석하지만 이 대표님의 파워에는 슈퍼 컴퓨터를 동원해도 안 될 일 같아서 말입니다."

"과찬이십니다."

"아닙니다. 내가 다음 달에 러시아에 갈 예정인데 그때도 좀 도와주면 좋겠습니다. 크렘린 궁의 사람들은 속이 깊어서 마음을 사기가 여간 어려운 게 아니거든요. 어쩌면 이 대표님이 또 한 번 은인이 될 수 있을지도 모르겠습니다."

"불러주시면 기꺼이 임하겠습니다."

"아, 그리고 부사장님!"

회장이 부사장을 돌아보았다.

"예!"

"중국과의 대첩, 기자들에게 발표하실 거죠?"

"그러지 않을 재간이 있겠습니까? 가기 전부터 언론의 관심이 지대하던 일인데……."

"오늘?"

"곧 기자들이 올 겁니다. 피로가 잔뜩 쌓인 초췌한 몰골로 회견에 나서서 전투가 얼마나 치열했는지 적나라하게 보여주려는데 제 얼굴 어떻습니까?"

"효과 좀 있겠는데요?"

"실은 이 대표 활약도 살짝 넣으려고 하는데 회장님 생각은 어떠신지요?"

"……?"

듣고 있던 강토가 고개를 들었다. 프라이드가 하늘을 찌르는 반달전자. 그런 기업이 강토에게 공(功)을 넘긴다는 말인가?

"세계적인 컨설팅 회사가 많지만 별거 있습니까? 차제에 한국에도 끝내주는 컨설팅 회사가 있다는 걸 알려주면 저들도 만만하게 나오지 못할 겁니다."

"좋은 생각이군요. 좋은 건 알려야죠."

"어떠신가요? 이 대표!"

부사장이 강토를 돌아보았다.

"소송이야 반달전자가 전적으로 준비하셔서 임한 것이고 저는 그저 그 일부를 거든 것뿐입니다. 함께 노력한 파트너들이 마음 상하지 않는 수준이라면 고맙게 받겠습니다."

"허헛, 이렇다니까요. 우리나라의 미래가 왜 어둡습니까? 우리 이 대표 같은 젊은이들이 있는 한 머잖아 우리 한국이 세계 최강이 될 수 있을 겁니다."

송 부사장은 뿌듯한 미소를 지어보였다.

기자회견장에는 강토도 참석했다. 그렇다고 회견까지 한 건 아니었다. 앞줄에 앉아 부사장의 발표를 본 게 전부였다. 기자들은 많았다. 국내외에서 달려온 100여 명이었다. 그중에는 미국과 중국 쪽 기자도 있었다.

"마지막으로……."

양하오와의 캘리포니아 대첩 결과를 발표한 송 부사장, 좌중을 둘러보고는 뒷말을 이어놓았다.

"이번 소송에서 우리가 승리할 수 있던 발판에는 명쾌한 대응과 더불어 지원 부서들의 분전이 있었습니다. 특히 한국의 삐 컨설팅에서 혁혁한 도움을 주었으니 이 자리를 빌려 따로 감사 말씀을 전합니다."

〈삐 컨설팅!〉

부사장은 그 한마디를 했을 뿐이었다. 하지만 그 파급효과
는 쓰나미에 버금갈 정도였다.

"삐 컨설팅!"

회견이 끝나자 질문 시간에 그 단어가 쏟아져 나왔다. 여기
도 삐, 저기도 삐였다.

삐— 삐— 삐!

귀를 울리는 소리를 들으며 강토는 회의장을 나왔다. 저녁에
예정된 스케줄, 그 전에 급히 만날 사람이 있었다.

시간⋯⋯.

때로는 하릴없이 죽여 버렸던 그 시간. 강토는 이제야 시간
의 소중함을 알게 되었다. 시간이 아까운 자, 성공에 근접하고
있다는 진리도⋯⋯.

삼청동 인근의 작은 냉면집 다락방.

강토는 거기서 장철환을 기다렸다. 은재구 건이었다.

은재구⋯⋯.

강토는 결국 그의 뇌를 엿보았다. 기이한 물질로 철통 방패
를 이룬 그 뇌를⋯⋯.

―뇌파를 쓰는 이상한 놈이 있습니다.

―그걸로 독심술을 합니다.

―하도 귀신 같아서 아야 소리 못 하고 당했습니다.

―조심하십시오.

강토가 읽어낸 은재구의 기억 일부. 하상택과의 대화였다. 미국으로 출국한다던 그는 경유지인 홍콩에서 내렸다. 그런 다음 광둥성을 지나 중국 내륙 깊숙한 시안으로 날아갔다. 거기서 은재구를 만났다. 그리고 청와대에서 일어난 일을 낱낱이 보고했다.

충성 서약서가 생각났다. 과연, 기가 막히는 충성심이었다. 그런 충성심을 국가와 국민을 향해 쏟아놓았다면 얼마나 좋았을까?

은재구는 중국 지인들을 동원해 뇌파 독심술을 피할 수 있는 길을 백방으로 모색했다. 어렵사리 대책이 나왔다. 중국의 한 선사에게 20만 위안을 지불하고 희소 광물의 배합체를 받은 것. 그게 바로 명함 크기의 광물이었다.

사실 강토는 차영아를 먼저 만나고 싶었다. 개인적으로는 매직 뉴런을 가로막는 이 물질이 더 궁금했던 것. 하지만 일에는 우선순위가 있었다.

"도착하셨습니다!"

밖에 있던 문수에게 전화가 왔다. 강토는 자리에서 일어섰다. 잠시 후에 장철환이 육 비서관을 대동하고 들어섰다.

"이어, 이 대표, 동에 번쩍, 서에 번쩍이군."

장철환이 손을 내밀었다.

"그러게요. 지금 반달전자 기자회견으로 청와대도 난리입니다. 대통령께서도 관심을 가지시더라고요."

육 비서관이 거들고 나섰다.

"이미 아시는 일 아닙니까?"

강토가 웃었다. 웃음 맛이 씁쓸했다. 대통령이 쓴 각서가 떠오른 것이다. 이 미친놈의 정치판. 도무지 어디까지 협잡을 하고 있는 건지 상상이 되지 않았다.

"우리야 그렇지만 이 대표 능력 잘 모르는 사람도 많거든. 대통령께서도 이 대표 안부를 물으시더군."

장철환이 말했다.

"잘 있다고 전해주십시오."

"은재구를 잡았다고?"

화두를 던지며 자리에 다가앉는 장철환. 셋은 낡은 테이블을 사이에 놓고 자리했다.

"예!"

"그렇잖아도 국회 쪽 소식을 체크하면서 왔네."

"······."

"이전투구에 난타전이 일어나는 모양이더군. 비리 검증을 받자는 부류와, 검증은 이미 선거에서 국민들에게 받았는데 무슨 헛소리냐는 파들······."

"······."

"특히 재선 3선 이상의 의원들은 대다수 반대쪽이라네. 유례없는 정부의 기획 국회탄압이라는 말도 서슴지 않고 있어."

국회의원들!

오랫동안 제왕적 특권을 누려왔다. 그 특권은 지금도 변함이 없다. 그런 그들이었으니, 특히 그 특권을 더 오래 향유한 사람이라면 반발심이 큰 게 당연할 일이었다.

"한심하지? 일반 국민이나 기업들은 외국에서 경쟁자들과 피가 터지는데 지도자라는 사람들이 기득권 안에서 하는 작태하고는……."

─맞습니다!

강토가 말했다. 입 밖으로는 나지 않았다.

"해서 보다 객관적이고 국민들이 이해할 수 있는 방안을 도출해 검증을 밀어붙일 계획이네. 우리 육 비서관이 정정련을 비롯한 시민 단체, 종교 단체, 교육 단체 등에서 신망 높은 대표자를 물색하고 있다네. 그분들이 나서주면 국회의 반발도 수그러들 수밖에 없을 거야."

"예……."

"자, 이제 은재구 얘기를 해볼까?"

장철환이 강토를 바라보았다.

"그러죠."

"실은 은재구가 청와대에 왔었네."

"……?"

"대통령과 독대를 했는데 언성이 높았어."

"예……."

"그 높은 언성을 낮출 소식이 필요하다네."

"……."

은재구…….

구제 불능의 인사.

그는 청와대까지 돌격했다. 거기서 무엇을 했을까? 왜 언성을 높였을까? 대략 짐작이 갈 것 같았다.

〈불〉

〈충성 서약서〉

〈대통령의 각서〉

세 가지를 만지던 강토 일단, 몸부터 풀기로 했다.

＊　　　　＊　　　　＊

"이거……."

강토가 내민 건 전현직 국회의원 명단과 장차관을 비롯한 정부 투자 기관 임직원 명단이었다.

"웬 건가?"

"은재구가 직간접적으로 공천하거나 추천해서 밀어 넣은 정부 인사들입니다."

"이렇게나?"

장철환의 입이 쩌억 벌어졌다. 명단이 A4 한 장으로도 모자라 뒤로 넘어간 것이다.

"충성 서약서까지 받았더군요. 서약서를 넣어둔 위치도 알아냈습니다."

"서약서라면?"

"말 그대로 분골쇄신 충성을 다하겠다는……."

"어이가 없군."

"장 고문님도 몰랐던 사실입니까?"

강토가 물었다.

"풍문은 들었네만 지금이 어느 때인데……"

"다 총알로 이룬 결과들이죠."

"총알?"

"선거 때 쓰는 자금을 실탄이라고 부르지 않습니까?"

강토 입가에 썩은 미소가 스쳐 갔다. 그러나 바로 표정 관리에 돌입했다. 포커페이스를 유지하는 것도 실력이야. 강토는 얼굴 근육을 향해 속삭였다. 강토도 이미 내공이 쌓인 바였다.

"국회의원들 중에는 별표 체크한 사람을 제외하고 비밀 지원금으로 1억씩 나눠준 사실도 있습니다. 은재구의 62세 생일날, 오후 1시 30분, 자택 서재 안이더군요."

"맙소사, 1억씩?"

"큰돈인가요?"

"그렇지 않은가? 지금 선거법에서 규정하는 돈이 얼마인데……"

"그런데 어쩌죠? 돈과 관련된 건 중에서 가장 큰 건 60억이 넘던데……"

"얼마라고?"

"60억! 하지만 처세의 달인답게 현금으로 건네받은 건 아닙니다. 시가 60억짜리 빌딩을 헐값인 32억에 넘겨받고 지불한 돈도 입금 후에 다시 현금으로 돌려받는 수법으로 챙겼습니다. 손도 안 대고 코를 푼 거죠."

"그 대가로 지난 총선에서 당선 가능 지역에 공천 보장?"

장철환이 물었다.

"아시는군요. 그것 외에도 당선자들에게서 답례금을 챙겼습니다. 적게는 1억부터 많게는 4억까지. 장소는 역시 은재구 자택 서재의 모닝 티 모임에서였습니다. 이목을 피하기 위해 갖던 그 모임은 두 달 정도 지속되다가 자연히 없어졌습니다."

"누가 얼마를 준 것도 알 수 있나?"

"뇌파가 통하지 않은 두 명을 제외하고는 상당 부분 알 수 있습니다. 자세한 자료는 나가실 때 우리 방 실장이 건네줄 겁니다. 지금 정리 중이거든요."

"맙소사!"

"그 정도면 은재구를 잡을 수 있습니까?"

"큰 도움이긴 하네만 현역 의원이라 압수 수색을 하기 어렵다는 게 문제네. 본인이 자백을 하면 좋지만 그럴 리는 없겠지. 그에게 충성하는 의원들도 그렇고……."

―압수 수색 불가!

―그렇다면 충성 서약서도 확인 불가.

역시 국회의원… 그들의 특권에는 초법적인 특권 방탄까지 포함되어 있었다.

"그럴 줄 알고 해외 편을 따로 준비해 두었습니다."

〈불〉

불은 일단 건너뛰었다. 너무 오래된 일이었다. 게다가 은재구만 아는 일. 수십억도 모르쇠로 나갈 판에 해묵은 그 일을 인정할 리 없었다.

"해외?"

"한 달 가까이 머물다 온 중국입니다."

"거기서 뭘 했나?"

"공산당 최고위층 인사를 만났습니다."

"중국의 주석이라도 만났단 말인가?"

"중국이 아니라 북한입니다."

"……?"

장철환의 눈이 휘둥그레지는 게 보였다. 그의 예상에 없던 일이기 때문이었다.

"고위층이라면 구체적으로 누구인가?"

"배성광… 찾아보니 북한 권력 서열은 20위권에 올라 있더군요."

"배성광? 그를 왜?"

"북한 1인자와의 단독 회담을 요청하기 위해서입니다."

"그 사람이?"

당혹스러운 표정의 장철환, 육 비서관을 돌아보았다.

"안보 수석에게 전화해서 국정원 보고 체크해 봐. 최근 우리 정치인이 중국에서 북한 고위층을 만난 정황이 있는지."

"알겠습니다."

지시를 받은 육 비서관이 바로 전화를 걸었다. 통화를 끝낸 그가 고개를 저었다.

"국정원도 모를 정도의 라인을 가지고 있다는 건가? 아니면 국정원 내에 협조자가 있다는 건가?"

"후자입니다!"

강토가 말했다. 끄응, 장철환은 아픈 신음으로 강토의 말을 삭여냈다.

"결과도 알 수 있나?"

"배성광이 몇 가지 옵션을 거는 바람에 차후 만남을 기약하고 소득 없이 헤어졌습니다만, 배성광 또한 적극적이었던 걸로 봐서 다시 시도할 것 같습니다."

"북측 실세 라인이 배성광이었군. 우리는 헛다리를 짚고 있었어."

설명을 듣던 장철환이 한숨을 쉬었다.

"뭐가 잘못되었습니까?"

강토가 물었다.

"아닐세. 여러 라인으로 북한 정권과의 접촉을 시도 중인데 늘 최종 단계에서 엇갈렸거든. 이제 보니 1인자의 메신저는 배성광이었군. 그자의 서열이 10위권 밖이라 논외로 취급했는데……."

―큰 소득이야.

장철환의 눈은 그렇게 말했다.

"아, 북한 최고위층을 만난 은재구의 저의는 뭔가?"

"핵 개발 중단을 포함한 새로운 남북 관계죠. 총칼의 긴장이 아니라 상호 협력으로 민족 역량을 만방에 떨치자는……."

담담하게 말하던 강토, 물을 한 모금 마신 후에 말줄임표 뒤를 이어놓았다.

"정치 쇼죠!"

정치 쇼!

강토의 맺음말은 서늘했다.

"쇼라고?"

"은재구의 생각은 그렇더군요. 북한 권력층을 통제할 수 있는 건 나뿐이다. 대통령보다도 낫다. 그런 콘셉트죠. 입을 통해 나온 지원 금액만 10조를 넘었습니다."

"……!"

"장소는 베이징 칭화 대학 인근의 후아지아 호텔 특실. 만난 시간은 2주일 전 오전 10시 20분경입니다."

"확인토록 조치해."

장철환이 육 비서관에게 지시를 내렸다.

"북한 외교에 주도권을 쥔 후에 차기 지도자로 급부상해 정부를 압박하고 그 기세로 총선에서 당권을 장악한 후에 자기 측근들을 약진시키고 대선 후보로 나선다?"

"아마……."

"그렇다면 중국 측 인사들도 북한통으로 골라서 만났겠군?"

"목불인견이었죠. 무리하게 다리를 놓으라 기업인을 내세워 로비 부담을 떠안겼습니다. 현지의 한국 법인들에게……."

"얼마나?"

"그 또한 10억 이상입니다."

"그것도 함께 알 수 있겠나?"

"보고서에 올라갈 겁니다."

"다른 건?"

"거의 다 나왔습니다."

"그럼 은재구 건은 그쯤 하시게. 이것만 증명해도 그의 도덕성에는 치명타가 될 테고 이 대표가 해줄 다른 일도 있고……."

그만!

장철환이 선을 그어버렸다. 그 선 너머에서 대통령이 아른거렸다. 은재구와 뒷거래를 한 대통령. 그걸 알기에 은재구를 지나치게 닦아세우지 말라는 것일까?

"다른 할 일이라는 건 뭐죠?"

강토가 물었다.

"국회에서 정치 공작이니 국회 탄압이니 말이 많아서 우리가 먼저 솔선수범으로 나갔으면 하네."

"솔선수범이라면?"

"국회의원 비리 검증에 앞서 행정부가 먼저 검증을 받으면 국회의 시비도 일축할 수 있지 않을까 싶네만."

"……."

"총리와도 이야기가 되었네. 그 양반도 내키는 표정은 아니었네만."

"국무위원을 검증하자는 겁니까?"

"안 되나?"

장철환이 되물었다. 그는 이미 마음의 결단을 내린 것으로 보였다.

"장 고문님!"

"정치는 타이밍이라네. 우리가 먼저 선제 공세를 펼치면 국민적 지지를 얻을 수 있지. 그렇게 되면 국회도 별수 없이 따라오게 될 걸세."

"……."

"국무위원에 이어 3군의 3성 이상 장성들, 빅 쓰리와 감사원장, 금융위원장, 국영기업체 사장단 등등 국가 요직을 맡은 사람들을 차례로 검증할 계획이네. 국무위원들이 먼저 시작을 하고 보면 누구도 거부하지 못할 걸로 보네만."

"국정원장은 어떤가요?"

"국정원장?"

장철환의 눈빛이 가파르게 일어섰다.

"예!"

"그쪽도 연관이 되었나?"

"그건 아닙니다만 원래부터 말이 많던 일 아닙니까? 기왕에 의지를 보여줄 일이라면 끼우는 게 좋을 듯합니다. 그쪽만 쏙 빼놓으면 국민들이 이해할 리 없습니다."

"대통령께 의중을 여쭤보겠네."

"……."

"혹시라도 충격적인 비리나 개인적 일탈이 나올 수도 있어 가이드라인을 가져왔네. 보고서가 각 수석들 손에 들어갈 우려가 있으니 결과 보고 때 참고해 주시면 고맙겠네."

장철환이 가이드라인을 내밀었다.

(비리나 부패 혐의가 나오더라도 보고에는 지역 안배를 고려해 줄 것.)

(지나치게 많은 국무위원이 부적격자로 밝혀지면 경중에 따라 3분의 1 정도 끊어줄 것.)

지역 안배와 비율 안배…….

푸헐!

한숨이 나왔다. 검증을 하는 데도 지역 구분이 있단 말인가? 숫자 제한이 있단 말인가. 도무지 마음에 들지 않았다.

"가이드라인은 이것뿐입니까?"

"이 대표 의견이 있나?"

"혹시 대통령과 관련된 게 나오면요?"

강토, 주저하던 화두를 꺼내놓았다.

"나왔나?"

바짝 긴장하고 있던 장철환, 말이 끝나기 무섭게 강토를 바라보았다.

아니오!

그렇게 말해야 될 거라고 생각했던 강토, 입에서 또, 다른 말이 나왔다.

"예!"

"……?"

"……."

한순간 방 안 분위기가 서늘하게 변했다. 침을 넘긴 장철환이 육 비서관을 돌아보았다.

"나가서 이 대표가 알아낸 정보를 챙겨두시게."

"예!"

장철환의 의도를 짚어낸 육 비서관이 조용히 퇴장했다.

"은재구인가?"

장철환이 물었다. 지금까지와는 다른 톤의 목소리였다.

"예!"

"뭔지 묻지 않겠네."

"……?"

"밖의 보고서에 넣지는 않았겠지?"

"예!"

"그럼 그대로 잊어버리시게."

"장 고문님!"

"정치에는 묻어야 할 일들이 많은 법일세."

"……"

"국무위원 검증 건은 육 비서관 편에 알려주겠네."

"잠깐만요."

"잊으래도!"

자리에서 일어선 장철환이 강토를 돌아보았다.

"다른 문제가 하나 더 있습니다."

"뭔가?"

"살생부!"

"살생부?"

"방 실장의 서류에 명단이 있을 겁니다. 참고 삼아 옮겨놓았는데 그중에서 두 개의 이름은 지웠습니다."

"......?"

"첫째는 고문님입니다."

"......"

"제 이름도 있더군요. 마지막 줄에 선명하게……."

강토가 웃었다.

―당신만 오른 게 아니야.

―나도 있던걸.

장철환에게 보내는 강토의 위로였다. 장철환은 옷깃을 여미고 방을 나갔다.

텅 빈방 안에 강토 혼자 남았다. 침묵이 만든 정적이 귀를 자극해 왔다.

―정치란 묻어야 할 일들이 많아.

장철환이 남겨둔 말이 정적 속에서 와글거렸다. 〈대통령의 각서〉를 묻으라는 말로 들렸다.

대통령…….

그 얼굴이 스쳐 갔다.

―대통령은 예외.

그렇게 하는 게 도리일까?

깊은 날숨을 두어 번 몰아쉰 강토, 가만히 고개를 저었다. 은재구의 기억에서 엿본 한마디 때문이었다.

'네가 감히!'

네가 감히였다. 다른 사람도 아닌 대통령을 두고 그런 말을 한다는 것. 대통령의 아킬레스건이 그의 손에 있다는 방증이었다. 대통령의 아킬레스건. 그건 또 뭐란 말인가?

지구 방사선과 물질 문제에 대통령 문제까지 겹치자 머리가 지끈 아파왔다. 하지만 이내 고개를 젓는 강토.

'죄송합니다, 장 고문님!'

강토가 중얼거렸다. 예외로 넘길 사안이 아니었다. 그렇게 되면 수고를 더한 매직 뉴런들을 볼 낯도 없었다.

'대통령은 제가 직접 체크하죠.'

청와대에서 처음 보았을 때와는 달랐다. 흠이 나오지 않았으면 모르되 단서를 본 바에야 시위를 떠난 활이었다.

찌익!

가이드라인은 두 쪽으로 찢어버렸다. 비리를 놓고 지역 안배 따위를 논할 수는 없었다.

제3장
더블 오더

차영아의 병원이었다. 그녀가 강토를 실험대 위에 눕혔다. 뇌파 방해 물질과 강토의 뇌파를 분석하기 위함이었다.

지잉!

오토매틱 벨트가 내려와 강토의 몸을 고정시켰다. 그런 다음, 강토의 입에 인공호흡기가 끼워졌다. 다음으로 붙은 건 센서들이었다. 오른쪽과 왼쪽에 각각 10개의 라인이 생겼다.

차영아가 들어왔다.

"기분 어때요?"

좀 으스스한데요.

입이 움직였지만 말은 나오지 않았다.

'마취?'

한 단어가 스치는 순간 차영아가 또 다른 말을 뱉어냈다.

"미안!"

미안?

그녀가 왜?

"국정원에서 오더가 내려왔어. 당신을 정밀 조사 해달라고."

국정원?

"마취했지만 아플지도 몰라."

지이잉!

톱날 돌아가는 소리가 났다. 그러더니 머리 속에 시원한 느낌이 들어왔다. 이어 뭔가의 이물감이 감지되더니 머릿속이 허전해졌다.

"……!"

강토의 입이 저절로 벌어졌다. 영상이 흐릿해지는 시야에 들어온 장면. 차마 믿을 수가 없었다.

뇌!

강토의 뇌!

그게 차영아의 두 손에 들려 있었다. 매직 뉴런을 줄줄 흘리면서. 낯익은 데자뷰가 그 위에 겹쳤다. 6번 뇌의 표본…….

"당신 뇌야. 실물은 처음 보지?"

"……."

"MRI하고는 천지 차이지. 어때?"

차영아가 한 부위를 누르자 오른팔이 벌떡 치솟았다가 떨어졌다. 1차 운동령이었다.

"이건?"

이번에는 전두시각령. 강토의 눈알이 제멋대로 돌아갔다.

"이쯤 하고 진짜 실험을 시작해 볼까?"

차영아는 뇌를 작은 트레이 안에 넣었다. 장갑도 끼지 않은 그녀의 손에 들린 건 메스였다.

"이걸 자르면 생각을 할 수 없다지?"

사각!

소리만으로도 끔찍한 칼질이 시작되었다. 그녀가 도려낸 건 전두연합령의 한 조각이었다.

안 돼.

강토는 의식으로 소리쳤다.

"아파? 그렇다면 친절을 베풀어 드리지. 이번에는 체성감각령이야."

사각!

소리와 함께 또 한 점이 잘려 나갔다. 체성감각령은 촉각 등의 자극을 감지하는 부위였다.

차영아…….

왜 이래?

강토는 말하려했지만 그 또한 의식뿐이었다.

"이번에는 측두연합령을 시험해 볼까? 당신 기억이 사라지는지 아닌지? 아니, 그보다 대뇌변연계와 띠이랑은 어때? 사랑이라는 감정도 못 느끼게 말이야."

메스가 뇌의 아랫부분으로 옮겨졌다.

"아니지. 기왕이면 발기도 안 되게 해줄까? 나 이제 남자라면 지긋지긋해서 말이야."

메스가 마침내 반짝 빛을 발했다.

안 돼!

"안 된다고!"

강토는 악을 쓰며 일어섰다.

쿵!

눈앞에서 별이 반짝였다. 너무 급격히 반응하다가 앞좌석 등받이에 부딪친 것이다.

"형!"

덕규가 돌아보았다. 눈을 떠보니 차 안이었다. 도노반과의 약속 시간 사이에 남은 짜투리 시간. 기다리는 사이에 피로가 몰려 잠이 든 모양이었다.

"방 실장은?"

"……."

"방 실장은 어디 갔냐니까?"

"비밀이야."

"뭐? 비밀?"

"그게……."

덕규가 목덜미를 긁었다. 덕규를 앞세우고 문수를 찾아갔다. 가까운 곳에 있었다. 작은 카페의 테라스였다. 여자와 마주 앉은 자리였다. 여자는 예쁘다기보다 청순해 보였다.

"형이 잠들었을 때 전화를 받더라고. 가까운 곳에 있을 거라고, 형 깨면 바로 연락하라고… 아무래도 여자 만나는 거 같아서 몰래 따라와 봤더니……."

저렇게 심각해!

덕규가 남긴 말은 그런 뜻이었다.

두 사람의 시선은 지향이 없었다. 서로 만난 것도, 만나지 않은 것도 아닌…….

하늘은 참 공평하다는 생각이 들었다. 머리 좋은 문수. 그럼에도 불구하고 제 여자는 마음대로 못 하는 것 같았다.

끼익!

둘의 어색함은 브레이크 소리가 날려 버렸다. 그 앞에 선 건속된 말로 간지나는 페라리 스포츠카였다. 그것도 여자들이 환장한다는 옐로…….

남자가 내렸다. 선글라스를 머리 뒤로 쓴 인간이었다. 그를 본 문수가 일어섰다. 패잔병처럼…….

"너 차에 돌아가 있어라."

강토가 덕규 등을 밀었다.

"형은?"

"잠깐 할 일이 있어."

강토는 옆 건물 안으로 들어가 문수의 눈을 피했다. 다시 나왔을 때 문수 자리에는 페라리의 남자가 앉아 있었다. 카페로 들어간 강토는 아이스 카페모카를 한 잔 사 들었다. 그들 뒷자리에 앉아 무료로 시크릿 메즈를 시전해 주었다. 급 화목해진 두 청춘 남녀를 향해 정성을 다해.

똑똑!

차로 돌아온 강토가 조수석 문을 두드렸다. 그새 비즈니스 모드로 돌아간 문수는 노트북을 확인하고 있었다. 쓸쓸함은 사라진 후였다.

"커피 필요하시면 말씀하시지……."

차에서 내린 문수가 강토의 모카를 보며 말했다.

"그러는 방 실장도 혼자 커피 마시고 온 거 아니야?"

"……?"

문수가 흠칫 흔들렸다. 독심을 하는 강토. 마음만 먹으면 그 정도는 일도 아니라는 걸 아는 까닭에 변명하지 않았다.

"그 여자 만났지? 변재희?"

"……."

문수 고개가 떨어졌다. 인간이란 이런 걸까? 자기의 아킬레스건 앞에서는 제아무리 머리 좋은 인간도 고개를 떨구게 마련?

"미안, 급 커피가 당겨서 헤매다가 우연히 두 사람을 발견했어."

"죄송합니다. 말도 없이 자리를 비워서."

"방문수와 변재희……."

"……."

"…가 아니라 김태관과 변재희!"

"대표님!"

"내가 신은 아니잖아? 호기심 때문에 독심을 하고 말았어. 기왕 본 거니까 잠깐 들어보라고."

"……"

"변재희는 사랑하더군. 김태관……."

"……"

"…이 아니라 김태관의 페라리!"

"……?"

"여자 친구 직장이 이 근처지?"

"……"

"웨딩 플래너?"

"예……."

"평범한 직업이네. 그런데 바람이 심하게 들었어."

"……"

"그 바람을 넣은 주인공이 바로 김태관……."

"저하고는 비교도 안 되는 스펙이라서요. 집안도 그렇고……."

"덕규야!"

강토가 차 안의 덕규를 불렀다.

"왜?"

"너 시계 좀 던져봐라."

"시계는 왜?"

"빨리!"

재촉을 받은 덕규가 손목시계를 풀어 던져주었다.

"이거 명품이잖아?"

강토가 그 시계를 문수 앞에 내밀었다. 그리고 뒷말을 이어 놓았다.

"실은 짝퉁이야."

"대표님……."

"가서 변재희 구해. 김태관 그 자식 사기꾼이야. 페라리는 미국 들어간 친구 거 몰래 끌고 오는 거고 미국계 회사? 그런 건 있지도 않은 유령회사에, 오늘 변재희 꼬드겨서 사기 처먹으려고 왔어. 그녀가 차곡차곡 모아둔 돈 8천만 원 털어먹을 거야. 미국의 부모님이 들어오면 이자 쳐서 갚는다는 사탕발림으로."

"정말입니까?"

"서둘러, 먹고 튀기 전에!"

파앗!

강토 말이 끝나기 전에 문수가 튀었다. 강토가 거짓말을 할리 없었던 것이다.

"아, 페라리 주인 이름은 양동준이야. 배 째라로 나오면 그놈이 방금 전에 사기 처먹고 온 오영실 이름도 대라고. 대출받아서 가져온 1억을 챙겼어."

강토의 목소리가 문수를 따라갔다.

"뭐 해? 너도 방 실장 도와야지."

남은 덕규도 딸려 보냈다. 말종들 제압하는 데는 덕규만 한 사람도 드문 까닭이었다. 다음으로 반 검사에게 전화를 걸었다. 김태관 체포 요청이었다. 강토가 들여다본 바에 의하면 놈은 직업이 그 짓이었다.

사— 기— 꾼!

사태는 어렵사리 수습이 되었다. 끝까지 우기던 김태관, 유수사관이 등장하자 더 버티지 못했다. 도망치는 놈에게 작렬한 건 덕규의 하이킥이었다.

빠각!

딱 한 방이었다. 덕규는 유 수사관으로부터 용감한 시민상을 받게 해주겠다는 약속까지 받고 돌아왔다. 뭐 그렇다고 변재희가 영화의 한 장면처럼 문수 품에 안겨 펑펑 운 건 아니었다. 그녀는 처참한 심경이 되어 혼자 사라졌다. 문수도 그냥 돌아왔다. 다음 스케줄을 잊을 그가 아니기 때문이었다.

"고맙습니다."

조수석에 앉은 문수가 강토에게 말했다.

"재희 씨는 그냥 갔다고?"

"예⋯⋯."

"그럼 아직 그 말 들을 때가 아닌 거 같은데?"

"⋯⋯."

"가지!"

강토가 웃으며 문수의 어깨를 두드려 주었다.

—힘내!

—잘될 거야!

그런 뜻이 담긴 손짓이었다.

일식 전문점이었다. 도노반은 구석의 VIP룸에 있었다. 옆에는 비서가 자리를 잡았다. 상에는 초밥이 올라왔다. 강토를 위한 정찬이었다.

"들어요."

도노반이 초밥을 권했다. 강토는 문수와 함께 한 점을 집었다.

'초밥이 나왔다?'

강토는 의아해졌다. 오늘 분명 비즈니스가 있다고 한 도노반이었다. 그런데 식사를 먼저 시켰다. 그렇다면 오늘 만날 거래자와 정찬을 하지 않는다는 결론이 나왔다.

"이 대표!"

연어알 초밥을 입에 넣은 도노반이 말문을 열었다.

"예, 회장님!"

"혹시 일본 가봤나요?"

"그냥 관광으로 한두 번……."

"나는 여러 번 가봤지요. 거기서도 스시를 즐겨 먹었어요."

"……."

"이게 얼핏 보면 같은 것 같지만 조금 다르지요. 한국은 주로 활어로 스시를 만들고 일본은 선어를 많이 쓰고……."

"한국과 일본의 초밥 문화를 말하고 계십니다."

어려운 대목에서는 문수의 통역이 뒤따랐다.

"그래서 그런지 한국 사람들은 역동적이지요. 활어는 탄력이 좋지 않습니까?"

"……."

"일본 사람들은 의미를 좋아하더군요. 생선만 해도 도미와 참치를 황제 생선으로 부르고 있지요. 한국은 어떤가요?"

"한국은 딱히 그렇지 않습니다."

강토가 답했다. 초밥 마니아는 아니었다. 하지만 강토는 명백한 한국 사람. 자라면서 한국 사람들끼리 도미와 참치가 황제 생선이라고 말하는 건 별로 듣지 못했다. 그런 까닭에 자신의 소감을 소탈하게 전한 것이다.

"그럼 혹시 한국 사람들은 어떤 재료로 만든 스시를 최고로 치는지?"

"한국 사람들은 자기 입맛에 맛있는 걸 최고로 칩니다."

이번에도 느낌대로 답했다. 광어살이 좋다는 사람도 있고 참치살이 좋다는 사람도 보았다. 한국 사람들……. 그냥 편하게 말한다면 개성대로 사는 사람들이었다.

"이건 실례가 될지 모르지만 이런 말을 들었습니다. 한국에서는 얻어먹는 스시가 가장 맛있다고……."

"풋!"

입에 든 초밥을 뿜으려다 간신히 참았다. 괜히 허물을 보인 듯한 기분이 드는 건 왜일까?

"그런 말도 들었습니다. 한국에서는 공사를 맡기는 사람이 갑이고, 그 공사를 받는 사람이 을인데 스시를 먹게 되면 을이 계산을 한다고……."

젠장!

무슨 말을 하려는 걸까? 하지만 그 또한 맞는 말이었다.

"사설이 길었는데 그만한 까닭이 있습니다. 기분 상하지 않았기를 바랍니다."

도노반은 껍질 붙은 도미 초밥을 집어 입에 넣으며 설명을 이어갔다.

"실은 오늘 만날 사람이 갑과 을의 조합 같습니다. 그런데 사실 내가 만나야 할 사람은 을이지요. 다만 이쪽 상황상 갑과 을이 세트로 오시는 모양인데 을의 머릿속에 든 가치관을 좀 뽑아주셨으면 합니다."

'을?'

"비즈니스 중이라도 개의치 말고 내 모바일에 문자로 찍어주세요."

도노반의 시선은 강토에게 고정되어 있었다. 한 치의 틈도 없는 눈빛으로 변한 도노반. 그는 이미 한 글로벌 기업의 수장으로 돌아가 있었다.

갑과 을!

누가 오기는 올 모양이었다. 시계를 보았다. 허 경제 수석과의 약속 시간이 다가오고 있었다. 그 또한 이 부근에서 회동을 하는 모양. 그렇다고 해도 당부가 워낙 강했던 터라 가까운 거리라는 게 위로가 되지는 않았다.

"오실 분들과의 미팅 시간이 몇 시인지?"

강토의 조바심을 알아챈 문수가 비서에게 물었다.

"다 되었습니다."

비서가 대답했다. 그 말이 강토의 머리를 띵하게 만들었다. 그러니까 도노반, 강토를 예정보다 일찍 만난 것이었다.

"연락이 왔나?"

허 수석과의 약속 시간 20분을 남기고 도노반이 비서를 바라보았다.

"다 왔답니다."

"그럼 우리도 자리를 옮기지."

도노반이 일어섰다.

"대표님!"

일어서던 문수가 강토를 바라보았다.

"여기서 뛸 수는 없잖아? 허 수석께 조금 늦는다고 문자 넣었어."

강토가 나지막이 말했다. 도노반의 파트너가 도착하면 바로 비즈니스를 끝내고 일어설 생각이었다.

도노반과 비서는 옆방으로 이동했다. 강토와의 선만남 때문에 방 두 개를 예약한 모양이었다.

자리에 앉기 무섭게 두런거리는 소리가 들려왔다. 이어 노크 소리가 들렸다.

딸깍!

문소리와 함께 두 사람이 들어섰다.

"반갑습니다, 도노반 회장님!"

핸드폰을 보던 강토, 그 소리를 따라 고개를 들었다.

"……!"

"······?"

들어온 사람과 강토의 눈이 허공에서 얼어버렸다. 경영자 한 사람을 대동하고 들어선 사람. 바로 허 경제 수석이었던 것이다.

맙소사!

의뢰자 도노반을 만난 자리에서, 또 다른 의뢰자 허 경제 수석을 만난 강토. 강토는 절반쯤 튀어나온 문수의 신음을 간신히 틀어막았다.

*   *   *

―강토와 문수!

―허 경제 수석과 대풍쏠라의 회장!

―그리고 도노반과 그의 비서!

여섯이 둘러앉았다.

형형색색으로 장식된 회가 나왔다. 여섯 사람의 얼굴은 잘 장식된 회처럼 웃고 있었다. 표정 관리였다. 다 산전수전을 겪어 상황 관리에 일가견이 있는 사람들. 그런 측면에서는 젊은 강토와 문수가 불리했다.

허 수석은 강토를 따로 알은체하지 않았다. 그저 안면이 있는 정도로 넘어간 것이다. 그는 이 뜻밖의 상황을 강토의 연출로 알고 있었다. 자신을 돕기 위해 먼저, 도노반에게 접근한 것으로.

"그럼 비즈니스부터 시작할까요?"

도노반이 운을 떼었다. 그는 과연 사업가였다. 강토가 아는 한국의 찌질한 사업가들. 그들은 일단 술부터 시작한다. 알딸딸하게 경계심을 풀어놓은 후에 작업에 들어간다.

"저보다 연배가 높으시던데 형님으로 모시겠습니다!"

단골 멘트다.

만약 자신의 앞에 있는 갑이 나이가 어리다면 학연 지연에 사돈의 팔촌까지 들이댄다. 마지막 멘트도 정해져 있다.

"한 번만 밀어주시면!"

은혜는 잊지 않겠습니다.

더러는 진짜, 무릎을 꿇기도 하고 또 더러는 손을 잡고 가련한 표정을 짓기도 한다.

도노반은 달랐다. 그는 그저 한 사람의 사업가로 보였다. 우월한 위치에 있으면서도 딱히 갑질을 하지도 않았고 오만한 표정도 아니었다.

―거래!

―서로에게 이익이 되는 거래.

그걸 원할 뿐이다.

아버지의 동해 바다 경매장이 떠올랐다. 아버지가 말했다. 진짜 어부는 일확천금을 꿈꾸지 않는다고. 그저 바다에 충실하고 바다가 주는 대로 받을 뿐이다. 거기 서울 고급 호텔의 요리사들이 가끔 찾아온다고 했다. 그들이 찾는 건 딱 한 가지였다.

'좋은 물건!'

어종을 가리지 않았다. 비록 잡어 취급을 받는 생선일지라도 물이 좋으면 두말없이 사 갔다. 강토는 그들을 직접 본 적이 없었다. 하지만 지금 도노반의 눈이 그런 눈일 것 같았다. 또 다른 도노반을 보는 느낌이었다.

반면, 허 수석과 대풍의 윤 회장은 조금 달랐다. 당당하지 않았다. 자신의 물건에 자신이 없는 것이다. 강토는 알았다. 이 만남의 결과, 당연히 도노반의 일방적 페이스가 될 공산이 컸다.

"말씀드리세요!"

허 수석이 윤 회장의 등을 밀었다. 지금 현재 대풍쏠라를 책임지고 있는 윤 회장. 큼큼 목청을 가다듬더니 어색한 목소리를 밀어냈다.

"지난번 실무자 접촉에서 전한 바와 같이 우리 대풍쏠라 매입을 부탁드리려고 찾아뵙게 되었습니다. 당시 몇 가지 이의를 제기하셨다고 하던데 실무자들의 착오는 제가 직권으로 조정할 수 있기에……."

한국말이다. 이제 보니 도노반의 비서는 한국어에 능통한 사람이었다. 그는 요점만을 영어로 적어 도노반에게 건네주고 있었다.

실무 접촉!

그렇다면 두 회사는 이미 물밑 접촉을 가졌다. 그러나 합의에 도달하지 못한 모양이었다.

"몇 가지가 아니오. 귀사의 희망 가격이 터무니없이 높았소!"

도노반이 잘라 말했다.

"그럼 얼마면 매입할 의향이 있는 겁니까?"

윤 회장이 물었다.

"아시겠지만 나는 이 일을 위해 방한한 게 아니오. 대풍쏠라는 많은 문제를 안고 있어 매력적인 상품이 아니라는 거 잘 아실 텐데요. 나는 그저 다른 비즈니스 몇 가지 알아보고 중국과 인도로 건너가려던 참이었는데 한국 지인들이 총동원되어 이 자리를 청하는 통에……."

도노반이 한발 뺐다. 윤 회장의 안색이 파리해지는 게 보였다.

"이분은 우리 정부의 경제정책을 총괄하는 경제 수석보좌관입니다. 정부 차원의 매각 지원도 있을 것이니 허심탄회하게 말씀해 주시면……."

"그렇다면 정부 차원에서 회생시키는 것이 좋지 않겠소? 수년 전 내 제안을 정부 측에서 거절할 때처럼."

도노반의 목소리에 감정이 묻어났다. 수년 전, 그때는 도노반이 먼저 손을 내민 모양이었다.

"그때는……."

"쏠라 산업이 금세라도 대박을 칠 줄 알았겠지요. 전임 회장이 보고했는지 모르지만 나는 그때 이미 대풍쏠라의 오늘을 예견하고 있었소. 미심쩍거든 그때 우리가 제시한 자료의 32쪽을 보시오. 대풍의 방만한 경영이 쏠라 시장의 규모를 넘고 있음을 지적해 드렸으니."

"……."

"그때 내게 넘겼더라면 한국은 십몇조의 부담을 줄였을 테고, 나는 그 기술에 한국의 지정학적 입지를 합쳐 중국과 인도 시장을 장악할 수 있었을 거요. 안 그렇소?"

"……."

"해서 말인데 대풍쏠라는 매력이 없는 기업이라오. 지금의 나에게는!"

한 번 더 강조하는 도노반.

"우리가 새로 제안한 서류를 보셨습니까?"

윤 회장이 기를 쓰고 나섰다.

"보았지요. 대풍쏠라보다 못한 기업을 끼워 넣어 에빙하우스 착시를 유도하시려는 전략."

"……!"

"하지만 그 전략은 옳지 않습니다. 비교우위를 보여주려면 우리가 대풍쏠라를 무조건 매입한다는 전제가 있어야 하니까요."

"……!"

윤 회장은 벌어진 입을 다물지 못했다.

에빙하우스 착시.

그건 기준이 되는 같은 크기의 원 두 개를 놓고 한쪽은 기준보다 큰 원들로, 다른 한쪽은 작은 원들로 둘러싸면 기준인 원두 개의 크기가 달라 보이는 착시 현상이다. 비지니스에도 응

용되고 있다. 하지만 글로벌 M&A 시장의 큰손이기도 한 도노반에게는 씨도 먹히지 않았다.

분위기는 도노반에게로 기울고 있었다. 대풍 측으로서는 어떻게든 좋은 조건으로 매각하려는 생각. 그러나 도노반은 별 흥미를 못 느끼는 상황.

하지만 강토가 보기엔 그건, 도노반의 고도의 전략이었다. 그는 바쁜 사람, 만약 대풍쏠라가 가치가 없다고 판단했다면 이 자리에 나올 필요도 없었다. 게다가 사선까지 넘어갔다 온 사람이 아닌가.

좋은 조건으로 사주시오! VS 싼값에 내놓으시오!

양측의 본질은 거기에 있었다. 그 본질을 감추고 소위 밀당을 하고 있는 것이다.

"도노반 회장님! 물론 우리 대풍쏠라에 여러 문제가 있다는 건 인정합니다. 하지만 기술력만은 세계 최고에 속합니다. 지금 세계적으로 경기 침체라고 하지만 머지않아 시장이 풀리기 시작할 겁니다. 그렇기에 더 월드사에서도 인도와 중국 시장을 점검하는 거 아닙니까? 대풍은 단지 한때의 방만한 경영으로 정부 지원금과 은행 차입금이 많아 회생하기 어려운 것이지 기술 경쟁력이 부족해서 고전하는 것이 아닙니다."

"정 그렇다면……."

윤 회장의 읍소를 들은 도노반, 잠시 말문을 멈춰 이목을 집중시킨 후에 뒷말을 이어놓았다.

"얼마에 매각하고 싶은 건지 한마디로 말해보시오."

"……!"

거두절미하고 본론!

도노반의 눈빛은 온화하지만 사나운 윽박지름에 다르지 않았다.

"시간이 필요하면 드리겠소. 20분 후에 다시 뵙시다."

20분!

그 말과 함께 허 수석과 윤 회장이 일어섰다.

"이 대표!"

두 사람이 나가자 도노반이 강토를 돌아보았다.

"저 둘 중 누가 실권을 쥐고 있는 거요?"

"반반입니다."

"가격은?"

"……."

"어렴풋이 나온 금액이라도 괜찮소."

"읽어낸 단위가 여럿입니다. 잠깐 정리를 하고 들어오겠습니다."

양해를 구한 강토도 밖으로 나왔다. 그러자 기다리고 있던 허 수석이 다가왔다.

"이 대표!"

"허 수석님!"

"어떻게 된 거요? 이 대표가 도노반과 함께 있다니? 아까는 놀라서 자빠질 뻔했다오."

"……."

"자세한 사연은 나중에 얘기하기로 하고… 들으셨죠? 대체 도노반의 속내가 뭡니까? 대풍쏠라를 사겠다는 겁니까, 아니라는 겁니까? 그리고 저 머릿속에 든 가격은?"

"살 의향이 있는 건 확실합니다."

"가격은요? 보아하니 입맛에 맞는 가격을 제시하지 않으면 한 방에 물 건너갈 것 같은 분위기인데……."

"……."

"우리의 마지노선은 4조 5000억이오. 도노반의 머리에는 얼마가 들었소?"

"허 수석님 덕분에 당황하느라 아직 읽어내지 못했습니다. 놀라 자빠질 뻔한 건 저도 마찬가지니까요."

"이 대표가 연출한 상황이 아니란 말이오?"

"전혀, 저는 수석님 약속이 이 근처라고 하시길래 빨리 끝내고 그리 합류한다는 게……."

"어허!"

허 수석의 입에서 탄식이 새어 나왔다.

"기왕 이렇게 된 거 일단 들어가시죠. 마음을 읽는 대로 쪽지라도 건네 드릴 테니."

"서둘러 주시오. 애간장이 다 녹아내리는 것 같소이다."

"예."

고개를 숙인 강토가 먼저 안으로 들어섰다.

잠시 후에 여섯이 다시 자리를 잡았다. 도노반의 시선이 강토에게 넘어왔다. 허 수석의 시선도 강토에게 건너왔다. 무거운 공기로 가득 찬 테이블 분위기. 양편은 공히 강토가 넘겨주는 쪽지를 기다리는 형편이었다.

강토!

고뇌하고 있었다. 물론 강토는 이미, 두 사람이 만지는 액수를 읽어놓았다. 그러나 깔 수 없었다. 이거야말로 양다리의 현장. 다들 절묘한 인연으로 만난 사람들이기에 양심의 가책이 발동한 것이다.

이강토!

누구 편을 들 것인가?

"으음!"

"흠흠!"

양 진영에서 공히 헛기침이 나왔다. 침묵하던 강토가 튕겨 오른 게 그때였다.

"⋯⋯!"

네 명의 눈동자가 강토에게 쏠려왔다. 강토의 손에는 두 개의 봉투가 들려 있었다.

"도노반 회장님, 그리고 허 수석님!"

강토가 입을 열었다.

"⋯⋯!"

"본의는 아니지만, 먼저 용서를 구합니다."

"⋯⋯?"

"두 분께 미리 밝히거니와 이 자리는 제가 의도한 자리가 아닙니다. 사연을 말하자면 도노반 회장님께서 7시에 선약을 하셨고 수석님은 9시에 저와 약속을 했습니다. 저는 두 분이 오늘 회동하는 줄 몰랐고, 제 생각에 두 시간 차이라면 각 의뢰를 해결하는 데 큰 문제가 없다고 생각했는데 일이 단단히 꼬이고 말았군요."

"이 대표?"

도노반이 놀란 눈으로 강토를 바라보았다.

"다시 말씀드리지만 여기 허 수석님께서 중요한 사람을 만나게 된다고 동석을 요청했었습니다. 물론 그게 회장님인 줄은 몰랐습니다. 아울러, 회장님의 손님이 허 수석님일 줄도 몰랐습니다."

"으음……."

양편에서 공히 신음이 흘러나왔다.

"그러나 두 분 다 목적은 제게 상대방의 의중을 간파해 달라는 것. 느닷없는 상황이라 설명할 수 있는 시간도 없었지만 그렇다고 제가 어느 한쪽으로 기우는 것도 못 할 짓입니다."

"……"

"고백하거니와 저는 양측의 마음을 읽기는 하였습니다. 그러나 공개할 수 없는 입장이 되었습니다."

"……"

"제가 내놓을 수 있는 카드는 여기 들고 있는 봉투처럼 두 개입니다. 하나는 백지입니다. 두 의뢰에 대해 영원히 침묵하고 퇴장하느냐."

강토는 잠시 쉬었다가 뒷말을 이었다.

"아니면 양측의 입장을 반영한 제3안을 보여 드리느냐?"

강토의 목소리에는 높낮이가 없었다. 그만큼 비장하고 진지했다.

미국에서 날아온 도노반. 그 역시 대풍쏠라가 필요하기는 했다. 그러나 무리할 생각은 전혀 없었다. 다급하기로는 허 수석 쪽이 더 급했다. 대풍을 좋은 조건으로 매각할 수 있다면 그걸 발판으로 향후의 부실기업 정리에 있어 국민의 지지와 함께 주도권을 행사할 수 있기 때문이었다.

그러나 매각이 불발된다면, 국제적으로 공개 구걸에 나서야 했다. 그렇게 되면 국민적 저항에 부딪칠 것이 자명한 일이었다.

—퇴장이냐?

—제3안이냐?

윤 회장이 허 수석을 바라보았다. 허 수석의 입에서는 소리 없는 신음만 되풀이되었다. 강토까지 내세워 도노반의 셈법을 엿보려던 계획이 어긋나 버린 것이다.

"하하핫!"

침묵이 따가울 때 도노반의 웃음이 터져 나왔다. 그는 한참을 웃었고 모두의 시선은 그를 향해 있었다.

*   *   *

"이 대표!"

도노반이 강토를 바라보았다.

"예!

"우선 고맙소. 사실대로 말해주어서……."

"……."

"이 대표 또한 한국 사람이니 이런 경우라면 당연히 저쪽 편에 서는 게 순리겠지요. 실은 아까 눈치가 이상해 우리 본사에 정보망을 좀 가동해 보았다오. 알고 보니 이 대표께서 한국 정부의 인사 검증 같은 걸 하신 전력이 있으시더군."

"그렇습니다."

강토가 대답했다. 그러고 보니 10분의 휴정은 도노반의 전략인 모양이었다. 자연스럽게 정보를 체크할 시간을 벌었던 것. 내로라 하는 글로벌 기업인 더 월드였으니 그리 어렵지도 않을 일이었다.

"나와의 인연은 고맙지만 그런 까닭에, 오늘 나오는 당신 정보는 참고하지 않을 생각이었소."

"……!"

도노반!

그는 과연 '신의 손' 소리를 듣는 경영자였다. 생명의 은인조차 객관성이 부족하다고 생각하면 판단에서 제외하는 것. 그건 아무나 할 수 있는 일이 아니었다.

"하지만 솔직히 말해준 까닭에 마음이 변했소. 그래서 말인데……."

도노반의 시선이 허 수석 쪽으로 옮겨갔다.

"어떻소? 우리 이 대표께서 너무 유명하다 보니 일어난 해프닝 같은데… 보아하니 절충안이 나온 모양이구려. 서로의 패를 보이지 않고 결과를 엿볼 수 있다면 괜찮지 않겠소? 어쨌든 서로가 자존심은 지키는 것이니."

"공감합니다!"

허 수석이 대답했다. 허 수석으로서도 대안이 없었다. 협상이 끝나기 무섭게 대통령에게 보고를 해야 할 입장. 일없이 회나 한 점 먹고 왔다고 할 수는 없는 노릇이었다.

"제가 양측의 입장을 종합해서 조합한 금액은……."

강토가 봉투를 잡았다. 시선이 봉투에게 쏠려왔다. 안의 종이를 꺼낸 강토가 접힌 부분을 펼쳤다. 마침내 숨어 있던 숫자가 모습을 드러냈다.

〈4,100,000,000〉

41억!

그 뒤에 붙은 단위는 달러($)였다. 그러니까 41억 불!

'41억 불!'

허 수석의 이마에 식은땀이 송글 배어 나왔다. 윤 회장 역시 당혹스럽기는 마찬가지였다. 그러나 도노반은 주름살 하나 변하지 않았다. 그는 종이를 뚫을세라 금액을 보고 있었다.

41억 불!

허 수석의 머리에서 엿본 마지노선 근처였다. 윤 회장과 허수석이 생각한 금액은 45억 불. 그 45억의 마지노선이 40억여 원이었다.

반면 도노반이 만지던 금액은 39억 불이었다. 그는 거기서 단 한 푼도 더 치를 용의가 없었다. 온도 차는 2억 불. 달러로 계산하니 2억이지만 한화로 치면 물경 2,000억이 넘는 돈이었다.

41억 불!

공기는 그 금액 앞에서 멈췄다. 숨소리도 들리지 않았다. 결국 그 침묵도 강토가 깨게 되었다.

"나머지 부대적인 조건은 서로 희망대로 조율하면 의미를 찾을 수 있으리라 봅니다!"

강토는 들고 있던 종이를 챙겼다. 나가야지. 그럴 생각이었다.

"잠깐 앉으시오!"

도노반은 테이블에 고정된 시선으로 강토를 세웠다. 강토는 도노반을 바라보았다. 양측과의 인연을 고려할 때 진심으로 더할 말이 없는 강토였다.

"앉아야 합니다."

도노반이 한 번 더 강조했다. 그 목소리가 너무 진지해 발을 뗄 수 없었다. 강토는 숨을 죽이며 착석했다.

"이 대표!"

"예!"

"여기 윤 회장, 허 수석과는 어떤 사이요?"

"예?"

"나처럼 특별한 인연이 있는지 아니면 비즈니스 관계인지 묻고 있는 거요."

"회장님처럼 목숨이 오간 사이까지는 아닙니다. 앞으로는 모르겠습니다만."

"어쨌든 서로 신뢰하는 건 틀림없지요?"

"물론입니다."

"허 수석님!"

도노반의 시선이 허 수석에게 옮겨갔다.

"말씀하시죠."

"이 대표를 믿습니까?"

"당연히 믿습니다."

"그렇다면 이 대표!"

"예!"

"내 마음에서 읽은 내 가격을 알려 드리시오."

"예?"

"말해드리세요."

"……?"

강토의 시신이 파르르 떨었다. 양측의 금액은 공개하지 않은 강토. 그런데 도노반이 그걸 원하고 있었다.

'이렇게 되면 대풍 쪽의 금액도 까라고 할지 모르는데…….'

고민하는 사이에 도노반의 말이 이어졌다.

"대풍 쪽의 금액은 공개하라고 하지 않을 테니 염려 마시고……."

"……."

"어서요!"

"39억 불입니다. 정확히는 38억 8천만 불. 거기서 단 1달러도 더 쓰실 용의는 없으십니다."

강토, 아랫입술을 깨물며 도노반의 카드를 꺼내 보였다.

약 39억불!

그러나 단 1달러도 초과할 생각 없음!

허 수석과 윤 회장의 동공에 폭풍이 이는 게 보였다. 강토가 내놓은 절충안은 41억 불. 한마디로 물 건너갔다는 소리와 다를 바 없었다.

그런데!

도노반이 뜻밖의 발언을 꺼내놓았다.

"대풍쏠라의 인수는 절충안대로 내가 책임을 지겠소!"

"······?"

그 말과 동시에 다시 네 명의 시선이 솟구쳤다. 강토와 문수, 허 수석과 윤 회장이었다. 39억 불에서 단 1달러도 더 쓸 의향이 없던 도노반. 그가 화끈하게 수락을 한 것이다.

도노반!

무엇 때문에 이 거래를 받아들이는 것일까?

도노반은 옵션도 걸지 않았다. 원래는 구조 조정이나 주가, 정부의 보증 등을 옵션으로 내거는 게 일반적. 하지만 그는 상식적인 선에서의 인수 의사만을 밝혔을 뿐이었다. 주관사는 미국계 회사를 내세워 진행하기로 하였다. 그 또한 문제가 되지 않을 일이었다.

"회장님!"

처음의 신경전과는 달리 화끈하게 끝나 버린 대풍의 매각 협의. 강토는 어안이 벙벙할 뿐이었다.

"유쾌한 시간이었소."

도노반이 손을 내밀었다. 두툼한 손으로 강토의 손을 잡은 그는 박력 있게 한 번 흔들어주고는 퇴장했다. 깔끔하다. 그야말로 전광석화 같은 결단력이었다.

"이 대표!"

도노반이 떠나자 허 수석이 다가왔다.

"정말 수고했어. 차상의 결과를 얻었소이다."

"아닙니다. 여러모로 죄송하게 되었습니다."

"천만의 말씀, 사실 40억 불도 우리 측 입장에 불과했어요. 공개 입찰을 붙인다면 36억 불도 넘기 힘들다는 관측이 여럿 나왔으니까요."

"……."

"그런데 아까 도노반 회장의 말은 무슨 뜻입니까? 특별한 인연이라는 거……."

"미국에서 돌아오는 길에 비행기에서 사고가 났는데 제가 도노반 회장님의 곤란을 좀 도왔습니다."

"오, 어쩐지……."

"……."

"그래서 도노반이 이 제의를 받아들인 게로군요?"

"그건 저도 잘 모릅니다."

"아무튼 한 가지는 분명합니다."

"무슨?"

"이 대표가 나와 윤 회장 목숨까지도 구했다는 거."

"예?"

"대풍쏠라는 어떻게든 매각을 해야만 하는 상황이라오. 그렇다고 헐값에 팔 수도 없고 끌어안고 갈 수도 없는 처지였는데 마치 뇌종양을 걷어낸 기분이라오."

"맞습니다. 굉장한 분이 도와줄 거라는 말을 듣고 왔는데… 이렇게 젊은 분이라니… 자리를 함께하고도 믿기지 않는군요. 정말 양쪽의 생각을 읽어낸 겁니까?"

윤 회장이 아이처럼 물었다.

"읽는다기보다 그냥 감이었습니다. 대개는 실패할 경우도 있는데 운이 좋았네요."

"아무튼 정말 고맙습니다. 나도 덕분에 잠 좀 잘 수 있겠어요."

"예……."

"아이고, 내 정신… 생각 같아서는 어디 같이 가서 칼칼한 찌개에 동동주라도 한잔하고 싶은데 기다리는 사람이 많아서 다음으로 미뤄야겠습니다."

허 수석이 조바심을 냈다. 그러는 중에도 그의 전화는 쉴 새 없이 울려댔다.

"들어들 가십시오. 모쪼록 작으나마 힘이 되어 다행입니다."

강토는 두 사람 모두에게 정중히 인사를 표했다.

문수와 둘만 남은 상황. 바람 한 줄기가 머리카락을 쓸며 지나갔다.

"방 실장!"

강토가 문수를 돌아보았다.

"예?"

"어떻게 생각해?"

"도노반 회장님 말입니까?"

"그래!"

"비행기에서의 은혜를 갚은 걸까요?"

"은혜라……."

"대표님 얼굴을 세워주려고……."

"다른 거 없어?"

"그게 아니면 진짜 사업가라서 그럴 수도 있습니다."

"진짜 사업가?"

"대표님을 조건 없이 밀었습니다. 비즈니스 세계라면 그다음에 이어질 게 뭘까요?"

문수가 빙긋 웃었다.

"기브 앤 테이크?"

"그렇습니다. 대표님께 반해 다음 기회를 노리는 것이죠."

"다음 기회?"

"세계는 넓고 미국 자본이 할 일은 많으니까요."

"그럼 뭐라고 언질을 하거나 옵션을 걸었어야 하지 않을까?"

"그건 삼류 비즈니스죠. 처음부터 옵션을 걸고 들어오면 대표님 기분이 좋을 리 없으니까요."

"줄 때 화끈하게 주고 차기를 기약한다?"

"제 생각입니다."

목숨을 구해준 은혜와 프로페셔널 비즈니스 마인드. 두 아이템이 기묘하게 매칭되고 있었다.

'죽이는군.'

골똘하던 강토, 척추가 곤두서는 걸 느꼈다. 문수 때문이었다. 그렇게까지 질러갈 수 있는 문수의 머리… 하지만 정작은 도노반 때문이었다. 액수에 개의치 않고 던진 딜이라면? 도노반이야 말로 진정한 승부사가 아닐 수 없었다.

"그렇다면 도노반은 내 가치를 몇 억 불보다 높다고 판단한 건가?"

"아마……."

"그럼 이 협의의 승자는 도노반이군."

"그런 말이 있지요. 천재는 확률을 계산하지만 승부사는 그 천재의 판단을 읽어낸다는… 대표님을 그런 케이스로 받아들인 거 같습니다. 우리가 말한 후자가 맞다면 말이죠."

"그럼 조만간에 확인이 되겠군?"

"그렇죠. 아마 곧 콜이 올 겁니다. 제 생각에는……."

'엄청난 건으로?'

강토는 혼자 생각했다. 2억 불을 얹으면서까지 강토를 찜했다면 그가 노리는 것은 그보다 큰 금액일 터…….

기대되는군.

강토는 웃었다. 어쩐지 말초신경까지 짜릿해지는 느낌이었다.

한잠을 자고 새벽에 깨었다. 도노반과 허 수석의 협상 결과가 좋았던 탓인지 푹 자고 난 강토였다.

지구 방사선파를 무력화시키는 법!

그것부터 찾아보았다. 덕규의 코 고는 소리는 저 홀로 박자를 맞추고 있었다. 방사능에 대한 예는 많았다. 그걸 감소시키는 식품들도 많이 나왔다. 가깝게는 다시마도 보였다.

책자를 넘기고 검색을 더 했다. 인터넷으로는 '조각'의 정체를 밝힐 수 없었다. 신통한 방사능 대책도 나오지 않았다. 식품과 허브 등이 방사능에 좋다지만 다시마 같은 걸로 옷을 만들어 입을 수도 없는 일. 환으로 만든 농축도 마찬가지였다.

실시간 뉴스를 보았다.

제목들이 화려했다.

〈정부, 대풍쏠라 매각 급물살, 외국계 자본에 매각 자신감〉

〈여당, 청와대와 각 세우고 대립〉

〈국회의원 비리 검증 이번 주말이 고비〉

제목들은 어지럽게 키를 재고 있었다. 아직 뉴스가 되지 않은 뉴스들… 그 하나하나는 강토에게 있었다. 강토가 어디로 움직이느냐에 따라 그 뉴스들은 제목이 바뀔 수도 있었다.

하지만!

뉴스는 엉뚱하게도 강토 벙커의 계단에서 터졌다. 문을 연 덕규가 소리를 지른 것이다.

"형, 산타클로스가 다녀갔나 봐."

산타클로스?

저놈이 잠이 덜 깼나?

괜한 덕규를 탓했지만 그건 현실이었다. 벙커의 강철 문 앞, 엄청난 선물이 쌓여 있었다. 한우 갈비와 송이버섯, 초대형 생연어와 옥돔, 산양 산삼 등의 선물 세트였다.

"누가 놓고 간 거지? 한 점 구우면 기가 막히겠지?"

덕규가 한우 갈비 세트를 집어 들었다. 메모가 보였다.

〈후원자로부터〉

〈먹고 힘내세요.〉

죄다 그랬다. 익명이라고 해도 이름을 밝힌 것조차 없었다.

"내려놔라!"

강토의 목소리는 무거웠다. 이 새벽에 웬 택배? 게다가 받는 사람의 확인도 받지 않은 물건. 뭔가 느낌이 좋지 않은 강토, 전화부터 걸었다. 통화자는 반 검사였다.

―정체불명의 고가 선물 세트가 무더기로 와 있다고?

"예."

―누가 쥐약을 뿌렸군.

"그렇죠?"

―아우님 생각은?

"경찰에 신고해야겠죠?"

—그럼 뉴스가 될 텐데? 그곳이 아우님 커맨드 센터라는 것도 공표가 될 테고…….

"그렇다고 정체도 모를 고가 선물로 파티를 벌일 수도 없잖습니까? 독약이 들었을 수도 있고."

강토는 농담을 섞어놓았다.

—보낸 사람 이름 없어?

"그저 후원자라고 정도만……."

—난감하군. 그렇다고 지문 조사를 해줄 수도 없고.

"그럼 제가 알아서 하겠습니다."

—아무튼 조심해. 이제 아우님 사생활도 누군가에게 헌팅을 당하고 있다는 신호니까.

"헌팅요?"

—아침부터 이런 말 미안하지만… 모함이나 테러 같은 것까지도 준비해야 할 거야. 내 생각에는 거처를 옮기는 게 좋을 거 같아.

"참고하겠습니다."

전화를 끊었다. 모함이나 테러. 선물 처리법을 물으려다 혹까지 붙인 강토였다.

"형, 이 안에 혹시 폭탄 든 거 아니야? 여는 순간 뻥!"

덕규가 두 팔을 쭉 벌려 보였다. 그 표정이 황당해 강토가 웃었다. 그때 계단을 내려오는 발소리가 들렸다. 문수였다. 덕규의 연락을 받고 달려온 것이다.

"대표님, 조 앵커님이랑 친하죠?"

문수가 물었다.

"갑자기 조 앵커는 왜?"

"엉뚱한 생각 안 하는 기자 좀 보내 달라고 하세요."

"기자?"

"그렇다고 이걸 버릴 수는 없잖습니까?"

"좋은 일에 쓰자?"

"감 잡으셨군요?"

문수가 웃었다.

강토는 그 의도를 알 것 같았다. 실은 강토도 만지작거리던 일이었다.

벙커 앞의 선물은 골목으로 옮겨졌다. 복지원 사람들이 몰려 왔다. 그 뒤를 이어 기자들도 몰려왔다.

"오늘 우리는 천사를 만났습니다. 지난밤, 누군가 가난한 사람들을 위해 좋은 선물을 놓고 간 골목입니다. 선물 더미 위에는 이런 글귀가 놓여 있었습니다."

기자들이 보도를 시작했다. 그 손에 들린 건 A4용지였다. 출력물이었다.

〈가난한 이들에게 써주세요.〉

간단한 문구도 보였다. 물론 그 문구는 문수가 만든 것이었다.

"그럼 목격자를 만나보겠습니다."

기자가 부른 목격자는 덕규였다.

"새벽 운동을 다녀오다 발견했습니다. 아직도 세상인심이 식지 않은 것 같아 마음 훈훈합니다."

덕규는 추리닝 차림으로 변신했다. 해프닝은 그렇게 넘어갔다.

제4장
국무위원들

"아무래도 거처를 옮기시는 게 좋겠습니다."

차영아의 병원으로 달리며 문수가 말했다.

"반 검사님도 그 말 하더군."

"통화하셨습니까?"

"그래."

"사실 저도 전부터 그런 생각 했었습니다. 청와대에서 커밍아웃한 순간부터 대표님은 그냥 자연인이 아니거든요."

"아니면? 내가 무슨 정부 요인이라도 돼?"

"어떻게 보면 그보다도 중요한 인물이라고 봐야죠."

"방 실장!"

"농담 아닙니다. 사실 오늘 같은 해프닝, 앞으로 줄을 이을지도 모릅니다. 아니, 어쩌면 자기 이해관계에 반한다고 대표님에게 해코지를 하려는 세력이 나올 수도 있지요."

"반 검사님하고 똑같은 말을 하는군."

"이사하세요. 보안과 통제가 잘되는 최신 오피스텔 같은 곳으로."

"방 실장이 해준 인테리어는 어떡하고?"

"잘 꾸며놓았으니 방도 잘 빠질 거 아닙니까? 게다가 대표님이 이미 개시도 했고……."

문수가 웃었다.

"누구 짓 같아?"

강토가 화제를 돌렸다.

"글쎄요. 그것만은 저도 추론 불가입니다."

"그 머리로도?"

"말씀드렸잖습니까? 이제 대표님과 이해가 얽힌 사람들이 한둘이 아닙니다. 가깝게는 하상택이나 은재구의 측근 소행일 수도 있고……."

"역공작?"

"그렇죠. 일찍 발견했으니 다행이지 고급 선물들이니 의혹의 시발점이 될 수도 있었습니다."

"……."

"아니면 국무위원들께서 미리 대표님 정보를 빼내서 잘 보이려고 보냈을 수도 있지요. 대표님과 슬쩍 지나치면서 '송이버섯' 맛이 괜찮았나요, 하는……."

"오싹하네!"

"그러니까 거처 이전, 동의하신 겁니다."

"그러자고!"

강토는 문수의 의견을 받아들였다. 정든 벙커, 떠나고 싶은 마음은 추호도 없지만 상황이 변한 건 확실했다.

"이 대표님!"

차영아는 반갑게 강토를 맞았다. 그녀는 바로 간호사에게 지시를 내렸다.

"30분만 환자 커팅해 주세요!"

그런 다음 손수 커피를 내려주는 차영아. 문수를 주차장에 떨궈 둔 강토가 작은 조각을 꺼내놓았다.

"분석해 달라고요?"

"가능할까요?"

"글쎄요, 광물질은 워낙 다양해서… 혹시 이거 출처가 어딘지는 아세요?"

"중국입니다."

"그럼 어려울 수도 있어요."

"……."

"아무튼 부탁은 해볼게요."

"가능하면 그 물질을 무력화시킬 수 있는 방안도……."

"여기서 나오는 지구 방사선파를 없앨 수 있는 물질요?"

"혼자 생각한 겁니다. 쓰는 물질이 있다면 막는 물질도 있지 않을까 해서……."

"알겠어요. 알아보죠."

"부탁을 했으니 제가 도와드릴 일이 있으면 말씀하셔도 됩니다."

"정말요?"

"그럼요."

"그럼 염치 불고하고 하나만 부탁할게요. 실은 제 꼬마 환자가 소원이 있거든요."

"소원?"

"이 대표님은 해주실 수 있을 거예요. 그래서 내심 뵐 기회만 노리고 있던 참이에요."

"지금 만날 수 있나요?"

"그렇게 해주시면 더 좋죠. 가실까요?"

차영아가 일어섰다. 강토는 그녀를 따라 복도를 걸었다. 그녀의 걸음은 가뿐해 보였다. 다시 생의 활력을 찾은 여자. 이런 여자가 자살로 목숨을 마감하려고 하다니… 정말이지, 그녀의 목숨을 구한 건 잘한 일 같았다.

"안녕, 이숙!"

어린이 병실이었다. 안으로 들어선 차영아가 구석 침대로 다가갔다. 여자아이였다. 나이는 8살로 적혀 있었다. 이름은 이숙. 그녀 곁에서 간병을 하던 어머니가 일어났다.

"이숙, 잘 잤어?"

차영아가 환자에게 살가운 대화를 건넸다.

"……."

아이는 대답하지 않았다. 머리는 박박 민 상태, 베개 옆에는 핸드폰이 뒹굴고 있었다.

"아침부터 골이 났어요."

어머니가 나지막이 상황을 건네왔다.

"아유, 우리 숙이가 왜 또 예쁜 얼굴 찡그리고… 선생님이 뭐 도와줄까?"

"됐거든요!"

파리한 얼굴의 꼬마는 새침하게 어깨를 세우며 차영아를 외면했다.

"흐음, 그러면 후회할걸. 내가 마법사 선생님을 모셔 왔는데."

"치이, 마법사는 무슨……."

"진짜야. 너 그거 못 들었어? 우리 병동에 마법사가 산다는 거. 이름하여 천국의 미소 마법사!"

"거짓말!"

"거짓말 아니거든. 선생님 한번 믿어봐."

"됐어요. 아무리 웃어도 찍어보면 울상이라고요."

꼬마는 눈을 질끈 감았다. 지켜보던 어머니가 힘없이 고개를 돌렸다. 그녀의 시선이 향한 창가의 하늘. 곱게 물든 아침노을이 그녀의 볼을 비췄다. 슬픔이 깃든 볼이었다.

그 근원은 딸의 볼이었다. 극심한 뇌병변으로 완전하게 시든 아이의 얼굴. 질병이 몰아낸 아이의 해맑은 미소 자리에는 슬픔이 기승을 떨고 있었다.

"자, 소개합니다. 오늘의 미소 마법사 이강토 선생님!"

차영아가 강토 등을 밀었다.

강토는 말하지 않았다. 말도 안 했다. 눈을 감고 외면하고 있던 꼬마, 아무 소리도 들리지 않자 빼꼼 눈을 떴다. 그러고는 아이답게 가만히 고개를 돌렸다. 그러다 강토와 마주쳤다. 꼬마는, 화들짝 놀라며 다시 외면 모드로 들어갔다.

"네가 이숙이라고?"

강토가 물었다.

"……."

"예쁜 셀카 한 장 찍는 게 소원이라고?"

"……."

"그런데 계속 울상으로 찍혀 속상하다고?"

"……."

"이제 찍어봐. 이제 잘 나올 테니까."

"……."

"자!"

강토가 꼬마의 핸드폰을 얼굴 가까이 디밀어주었다. 이미 카메라 모드였다. 한쪽 눈만 뜨고 화면을 본 아이, 깜짝 놀라 벌떡 일어섰다. 자기 얼굴이 웃고 있었던 것이다. 아이는 믿기지 않는 듯 사진을 눌러댔다.

찰칵, 찰칵!

"엄마, 이거 봐. 나 웃고 있어!"

아이가 소리쳤다. 십여 장 찍힌 사진들, 한결같이 환해 보였다. 강토의 매직 뉴런들이 마법을 부려준 것이다.

"어, 그런데 마법사 아저씨는 어디 갔어요?"

꼬마가 주변을 돌아보며 물었다. 강토가 보이지 않는 까닭이었다.

"마법사니까 뿅 하고 사라졌지. 우리 이숙, 빨리 나으라는 기도를 남겨두고."

차영아가 꼬마의 두 뺨을 쓰다듬으며 웃었다. 그때였다. 그 앞 침대에서, 또 문 앞 침대에서도 보호자들의 행복한 목소리가 들려 나왔다.

"우리 애가 웃고 있어요!"

아이들에게 안겨준 미소. 그 또한 강토의 작품이었다. 기왕 꼬마를 도와주는 김에 그 병실 아이들 전부에게 행복한 신경전달물질의 맛을 잠시 보여준 것. 강토가 줄 수 있는 최고의 선물이었다.

'이 대표님 정말……'

복도로 나온 차영아, 주차장으로 걸어가는 강토를 보며 웃었다. 그녀도 어느새, 매직 뉴런의 매력에 감염된 느낌이었다.

"도와주세요!"

사무실로 돌아온 강토, 만만치 않은 의뢰자와 마주하게 되었다. 40대의 아줌마였다. 그녀가 내민 건 1,000만 원이었다. 딸의 대학 학자금이라고 했다. 하지만 이제는 소용이 없는 돈이라고 했다.

사실 문수는 이 아줌마의 의뢰를 사양했다. 강토는 이미 과부하에 걸려 있었다. 무엇보다 코앞으로 다가온 국무회의 검증이 그랬다.

정부 부처의 구조는 17부 3처 17청!

전부 다 출석하지 않는다고 해도 열 명은 넘을 숫자였다. 잘하면 20명이 될 수도 있었다.

〈무리〉

강토는 미국에서 일어난 일을 떠올렸다. 그때 배심원들 성향을 파악하던 강토. 염력술사 때문인지는 모르지만 기절까지 갔었던 강토였다.

물론 이번에는 사안이 좀 달랐다. 그때처럼 시간, 공간의 제약은 덜했다. 단지 국무회의장뿐만이 아니라 국무위원들이 청와대에 들어서는 순간부터 나가는 순간까지 매직 뉴런을 쓸 수 있기 때문이었다.

그래도 문수는 강토의 스케줄을 잡지 않았다. 그런 차에 쳐들어온 아줌마, 침술 한의사 못지않은 전략으로 나온 것이다.

그녀의 전략은 침묵이었다. 사무실 문 앞 복도에 떡하니 자리를 폈다. 그리고 그곳에 눌러앉아 버렸다.

―죽어도 안 가요!

그녀의 침묵은 그렇게 말했다. 소리 없는 침묵은 아우성보다도 크게 작용했다. 문수의 머리도 그녀의 고집에는 통하지 않았다.

"경찰 부를 겁니다!"

허풍까지 떨어보지만 그녀는 눈물로 맞설 뿐이었다. 경찰은 오지 않았다. 부를 수도 없었다. 사무실 앞 복도에 자리를 깐 그녀는 영업 방해도 아니었다.

별수 없이 강토가 그녀를 만나게 되었다.

1,000만 원!

아줌마는 그것부터 내놓았다. 통장도 보여주었다. 딸이 중학교 때 가입해서 만기를 채운 적금. 그걸 탄 돈이었다.

"부탁합니다!"

아줌마가 신문을 내밀었다. 기사였다.

〈여고생 학교 옥상에서 성적 비관 투신자살!〉

"절대 자살할 아이가 아니에요."

아줌마는 비장을 넘어 확신에 차 있었다. 경찰 수사는 이미 자살로 종결된 상황. 그러나 아줌마는 딸의 자살을 받아들이지 않았다. 그렇다고 어떤 의심이나 정황도 없었다. 딸은 일기도 쓰지 않았고 메모 같은 것도 없었다. 아줌마의 확신은 '감'이었다. 투신하기 며칠 전부터 딸의 행동이 영 이상했다는 것이다. 아줌마가 지목한 건 담임선생과 몇 몇 학우들이었다. 그런데, 담임선생은 여자였다.

"뭔가 아는 눈치인데 말을 안 해요. 그러니……."

그녀와 몇몇 학우들의 속내를 알아봐 줄 것. 딸이 죽은 이유라도 알아야 딸의 죽음을 받아들일 수 있겠다는 게 그녀의 바람이었다.

"알겠습니다."

의뢰를 수락했다. 다른 뜻은 없었다. 안 된다고 하면 아줌마가 돌아갈 것 같지 않아서였다. 오늘이나 내일 중으로 약속을 잡았다. 담임이 사표를 낼 것 같다는 소문이 있어 서둘러야 한다는 말. 그 또한 수락했다.

"……!"

아줌마가 나가자 문수가 들어와 침묵시위를 이어놓았다. 강토를 생각해서 비워가던 스케줄. 서운하다는 표시였다.

"미안해!"

"뭐 할 수 없죠."

"청와대 연락은?"

"예정대로랍니다. 출발할 때 연락을 하라더군요."

"참석 인원은?"

"외국에 나간 장관 세 사람을 제외하고 전원 참석하게 된답니다."

"결석하는 셋의 성향은?"

"육 비서관님 말로는 문제가 없는 사람들이라고 합니다."

"다행이군."

"그리고 이거……."

문수가 결재 서류를 내밀었다. 지출 내역이었다. 인건비 명목으로 따로 나간 돈이 제법 되었다. 하나는 1,700만 원짜리도 있었다.

"외부 직원들 비용인가?"

강토가 물었다.

"예. 제 힘으로 할 수 없는 일이 있어서……."

"잘했어."

강토가 결재판을 돌려주었다. 예전 같으면 큰돈이지만 이제는 문제가 되지 않는 돈들. 게다가 여기저기서 협력하던 사람들을 본 바에 꼬치꼬치 묻고 싶지 않았다.

"이건 새로 옮겨 가실 복합 오피스텔입니다. 저희 삼촌이 수배해 준 건데 22평짜리로 그리 시끄럽지도 않고 로비의 거주자 관리 상태도 좋은 것 같아서 계약을 하려 합니다."

"방값이 얼만데?"

"원래는 3억인데 2억 7천만 원에 합의를 봤습니다."

"알아서 해!"

이성표까지 나선 일, 그 또한 문제 삼지 않았다.

문수가 나가자 덕규가 쫄래쫄래 들어섰다.

"왜?"

강토가 고개를 들었다.

"좀 할 말이 있어서."

"바쁜데……."

"그래도……."

"그럼 해봐."

"방금 방 실장님… 인건비 지출 내역 들고 왔죠?"

"응!"

"그거 좀 이상하지 않아? 1,700만 원이나 지불한 것도 있던데……."

"뭐가?"

"내 말은……."

"방 실장이 우리 돈을 꿍친다?"

"뭐 그런 건 아니지만… 사람도 못 봤는데 거금을 지불하니……."

"내가 머리 체크해 봤는데 그런 거 없다. 됐냐?"

"진짜?"

"그래. 그러니까 조용히 나가든지 아니면 방 실장에게 가서 사과해라."

"……."

"아니면 차나 반짝반짝 닦아두든지. 청와대 들어갈 건데 차가 찌질하면 대통령하고 장 고문님께 실례가 되잖냐?"

"알았어!"

덕규는 고개를 갸웃거리며 회의실을 나갔다.

1,700만 원!

덕규가 의구심을 가질 만한 돈이었다. 알바 때를 생각하면 그만큼 큰 목돈도 없기 때문이었다. 하지만 강토는 문수를 믿었다. 누구보다 머리가 좋은 방 실장. 그가 모를 리 없었다. 강토가 언제든 자기 마음을 들여다볼 수 있다는 사실. 그걸 아는 마당에 돈을 빼돌릴 리는 없다고 믿는 강토였다.

'방 실장이 나한테 고작 1,700만 원짜리 사기를 친다면 그건 대실망이지.'

강토가 혼자 웃었다.

        *   *   *

"대표님, 파이팅!"

운명의 시간, 사무실을 나서는 강토에게 세경이 주먹을 쥐어 보였다.

"사무실 잘 지키고!"

문수가 세경에게 손을 들어 보였다. 실내와 입구에 보강 장착된 CCTV는 잘 돌아가고 있었다. 문수는 걸려온 전화를 받으며 조수석으로 올랐다.

부룽!

소리 없이 차가 출발했다. 운전석의 덕규는 안정되어 보였다. 격투와 운전. 그 두 가지는 덕규의 트레이드 마크처럼 보였다. 그 두 주제와 맞닥뜨리면 한없이 미더워 보이는 덕규였다.

"저희 지금 출발합니다!"

문수가 통화를 마쳤다.

"뭐래?"

뒷좌석의 강토가 물었다.

"기다리고 있겠답니다."

"국무위원들은?"

"총리는 이미 도착했고 다른 장관들도 속속 도착하고 있답니다."

"기자들은?"

"역시……."

대답하는 문수의 손에 선글라스가 들려 있었다. 쓰라는 뜻이었다.

"땡큐!"

강토는 잠자리 선글라스를 얼굴에 걸쳤다. 세상의 색이 변했다. 한편으로는 안정되지만 또 한편으로는 약간 갑갑한 느낌. 색 하나만으로도 세상은 다르게 변했다.

'국무위원 검증…….'

강토는 가만히 눈을 감았다. 이제는 장막 뒤에 숨어서 하지 않는 검증. 좋은 점도 있고 나쁜 점도 있었다.

'좋은 일을 찾아내러 가는 거면 좀 좋으려만…….'

쓴웃음이 나기는 공개나 비공개 검증이 그리 다르지 않았다.

강토는 생각했다.

연말이면 나오는 가슴 푸근한 사연들. 매년 아무도 모르게 쌀을 한 트럭씩 보내는 사람이거나 자선냄비에 몇천만 원, 억대의 수표를 넣고 가는 사람… 그런 사람들을 찾아 훈장을 주러 가는 길이라면 얼마나 좋을까?

'이 일, 빨리 끝장을 봐야지.'

진심이었다. 이 일이 끝나면 사람 냄새 나는 일 쪽으로 올인할 생각이었다. 이렇게 자주 구역질을 느끼다간 위액의 역류로 속을 다 버릴 판이었다.

'우엑'과의 작별…….

언제가 되는 걸까?

"어서 오시게!"

청와대 뜰에서 장철환이 강토를 맞았다. 강토는 잠시 선글라스를 벗고 인사를 올렸다.

"잘 어울리는군?"

장철환이 웃었다.

"고맙습니다."

"가지, 기자들이 있을 걸세. 사진은 찍지 말라고 했으니 신경 쓰지 않아도 되네."

"예……."

"다만 검증이 끝난 후에 질문 시간이 있을 걸세. 미안하지만 기자들 한두 명 정도에게 시연을 해주면 좋겠네. 물론 그 또한 비공개하기로 다짐을 받았네만……."

시연!

짐작하던 일이었다. 강토의 뇌파분석법은 과학적으로 입증할 수 없는 것. 객관성을 부여받기 위해서는 가지들의 체험이 필요한 일이었다.

이번에는 문수와 함께 덕규도 동행했다. 안으로 들어서자 기자들이 보이기 시작했다. 송재오도 보였다. 숫자는 많았다. 외신 기자들까지 줄잡아 20여 명은 될 것 같았다.

"이강토 대표입니까?"

줄에 있던 기자 하나가 강토 앞으로 치고 나왔다. 덕규가 막아섰다. 탄탄한 자세로 길목을 막은 덕규 앞에서 기자는 더 다가서지 못했다.

"반달전자와 중국의 소송전에 참여한 거 맞습니까?"

"지난번 청와대 수석 비서관 검증에도 참석했었지요?"

기자들 몇이 들썩거렸지만 길목을 막은 덕규를 넘지 못했다.

"수고했다."

덕규가 합류하자 강토가 고마움을 전했다.

복도를 지나 대기실에 닿았다. 그 앞에 서 있던 직원들이 문을 열어주었다.

"여기서 쉬고 계시게. 국무위원들이 다 도착하면 부르겠네."

"그러시죠."

강토가 대답했다. 장철환은 다시 복도로 나갔다.

"대표님!"

창가의 문수가 강토를 불렀다. 창으로 가니 주차장이 훤하게 보였다. 장관들이 도착하고 있었다. 강토는 선글라스를 내렸다. 시간을 벌 생각이었다.

'검증을 국무회의장에서만 하라는 법은 없지.'

매직 뉴런을 날렸다. 그렇게 다섯 장관을 체크했다. 다섯 번 가운데 두 번 인상을 찡그렸다. 그중 하나는 많이도 해 처먹은 인간이었다. 법률 개정과 부처 고위 공무원 인사, 인허가 사항. 길지 않은 임기 동안 줄기차게 처먹은 분이었다.

"나오시죠!"

육 비서관이 들어와 시작을 알렸다.

"대표님!"

문수와 덕규가 나란히 손바닥을 들어 보였다.

짝!

짝!

손바닥 마주치는 청량한 소리와 함께 강토의 역사가 시작되었다. 국무위원을 검증하는 또 하나의 역사…….

"어이쿠, 들은 것보다 더 젊은 분이시군."

회의장 앞에서 국무총리를 만났다. 옆에는 장철환이 서 있었다. 강토는 꾸벅 목 인사로 화답했다. 물론 매직 뉴런은 이미 그의 뇌 속으로 진격 중.

'당신의 구린 면!'

보여주세요!

눈빛만큼은 예우를 갖추었다. 만인지상의 국무총리가 아닌가?

휴우!

안도의 숨이 나왔다. 총리의 비리는 나름 착했다. 소소한 것들이 있었지만 큰 문제가 되지 않을 일들. 예를 들면 젊은 날 승진 경쟁 때 윗선에 한우 세트를 보낸 것, 학자로 있을 때는 제자에게 논문 정리 등을 맡긴 것, 관련 기관에서 명절 때 받은 선물 세트와 부부 동반 동남아 골프여행권 등이었다. 그 또한 비리지만, 한국사회에서는 있을 수 있는 일. 청렴의 신을 고르는 게 아닌 이상 넘어갈 수밖에 없는 일이었다.

"나 안 잘리겠소?"

눈치라도 챈 건지 총리가 물었다. 강토는 미소로 질문을 피했다.

우우우!

바람 소리.

바람의 아우성.

그 텅 빈 극성의 아이러니가 회의장을 가득 메웠다. 강토가 입장한 직후였다. 국무회의장은 어마무시했다. 국무위원에 더불어 금융위원장, 공정거래위원장, 과학기술위원장 등도 보였다. 회의석의 좌우 벽 쪽으로 배석한 청와대 주요 비서관들도 그 숫자에 못지않았다.

"이쪽으로!"

강토 자리는 대변인석에 마련되어 있었다. 공정을 기하기 위해 국가 원로들도 일부 자리를 하고 있었다. 강토가 그들 앞에 자리를 잡자 몇몇 장관이 숙덕거리기 시작했다. 그들 얼굴은 불쾌함과 경직으로 버무려져 있었다. 다만 일부는 예외였다. 산업통상자원부 장관을 비롯한 두셋은 자연스럽게 보였다.

'하긴 자기 자신이 양심에 비추어 떳떳하다면……'

쫄 필요 없지.

강토는 긍정적으로 생각했다. 남은 국무위원 전부가 청렴한 것으로 나온다면 그보다 기쁜 일도 없을 것이기 때문이었다.

"대통령께서 입장하십니다."

비서실 직원의 안내와 함께 김 대통령이 들어섰다. 대통령은 장관들에게 눈인사를 건네고 자기 자리에 앉았다. 곧이어 국민의례가 시작되었다.

태극기!

국무위원들의 시선이 그곳으로 향했다. 지금 저들은 무얼 기원하고 있을까? 조국의 미래와 대한민국의 번영? 아니면··· 이이상한 자리에서 별일 없이 빠져나가는 것?

"바쁜데 모두 와주셨군요. 기 말씀드린 바 작금의 민심이 어지럽습니다."

대통령이 연설을 시작했다. 그와 동시에 강토의 시크릿 메즈도 활동을 시작했다.

"해서 환골탈태(換骨奪胎)의 심정으로 이런 자리를 마련하게되었음을 양지 바랍니다. 여러분을 내 손으로 뽑은 사람으로서 차마 못 할 결단이었으나 지금 이 순간 우리 대한민국 정치경제 등의 지도층에게 요청되는 시대적 사명이라 생각하고 대승적으로 받아들여 줄 것을 당부하는 바······."

첫 번째 장관은 실격자였다. 어젯밤에도 불법을 청탁하는사람과 만났다. 무능한 대통령을 도마에 올리고 쪼았다.

"대통령이 생쇼를 하고 있습니다. 일단 소나기는 피하고 봅시다!"

장관의 포지션이었다.

"이거 가까이 두시면 근심이 사라진답니다. 부디 노고에 도움이 되시길······."

청탁자는 주먹만 한 주머니를 내밀고 사라졌다. 장관은 반드시, 그 주머니 안을 확인했다. 그리고 흐뭇한 미소를 머금었다. 주머니 속에 든 건 금두꺼비였다.

"그래도 인사는 차릴 줄 안단 말이지."

장관의 미소는 그런 일에 익숙해 보였다.

강토는 책상 아래로 감춘 손으로 부지런히 메모를 했다. 그에게서 나온 비리와 내용, 장소와 상대방 등의 구체적인 것들이었다.

대통령의 연설이 끝났을 때, 강토는 이미 다섯을 더 해치운 후였다. 들어올 때 다섯과 들어와서의 다섯. 합해 열이었으니 이제 남은 건 절반도 되지 않았다.

"뇌파 전문가 이강토 대표를 소개합니다."

대통령의 말이 끝나자 보고석의 비서관이 강토를 가리켰다. 강토는 자리에서 일어나 겸손하게 인사를 올렸다.

짝짝짝!

일부에서는 형식적인 박수가 쏟아져 나왔다.

인사를 마친 강토, 시선을 대통령의 오른편으로 옮겼다. 대통령의 좌석은 회의석의 중간 부분. 이번에 강토가 겨눈 건 부총리 겸 산업통상자원부 장관이었다. 은재구의 라인에 속하는 사람…….

막 그를 겨루려 할 때 묵직한 견제가 나왔다.

"의견 있습니다."

"말씀하시죠."

진행자가 말했다.

"이게 말입니다, 공직을 맡은 죄로 불려 오긴 했습니다만 이 강토 대표의 자료를 보니 뇌파 검증이 누구는 되고 누구는 안 된다는 말이 있습니다. 그렇다면 불합리한 조건 아닙니까? 뇌파 검증이 불가능한 사람은 어떻게 하실 생각이시오?"

"제가 한마디 해도 될까요?"

이번에는 환경부 장관이 손을 들고 나섰다.

"좋을 대로 하시오."

"그 문제는 전향적으로 생각하면 좋겠습니다. 불가능한 사람이 있더라도 나머지는 검증이 된다는 게 우리에게 축복 아니겠습니까?"

"뭐 축복까지야……."

환경부 장관의 응수를 받은 유동국은 빙긋 미소를 지었다. 국무위원들 중에는 은재구 라인도 있지만 장철환 또한 놀고먹은 건 아니었다. 그 역시 이런 일을 예상하고 우호적인 장관들에게 지원을 부탁해 두었던 것이다.

"다들 그렇게 생각하신다면 이 사람도 할 말 없소이다."

산업통상자원부 장관 유동국. 미소를 지으며 자리에 앉았다. 행동이 너무나 여유로워 지나치고 싶은 마음이 굴뚝같았다.

당당하니까 저렇겠지. 한두 개만 체크하고 말아야지. 그런 생각으로 매직 뉴런을 겨누는 순간, 강토의 미간이 격렬하게 일그러졌다.

'맙소사!'

소리 없는 신음이 입에서 새어 나왔다. 당황한 강토, 그 옆 장관을 체크했다. 다음은 그 옆, 또 다음은 그 옆……

'아아!'

신음은 사이사이 이어졌다. 모두 세 명이었다. 강토에게 절망을 안겨준 장관의 숫자. 그 셋에게서 은재구에게 느낀 것과 똑같은 '지구 방사선파'가 감지된 것이다.

'이 인간… 대체 그 물질을 얼마나 챙겨 왔단 말인가?'

대비책!

은재구의 술수였다. 동시에 강토의 방심이었다. 이미 은재구 비서관에게서도 느꼈던 일. 그러나 설마 자기 측근들에게 죄다 나누어주었으리라고는 생각지 못한 강토……

그래서일까? 세 장관의 표정은 더욱 여유로워 보였다. 가끔은 강토를 보며 피식 웃기까지 하던 그들. 믿는 구석이 있었던 것이다.

—애송아!

그들 눈이 말하고 있었다.

—니가 그렇게 잘났다고?

—그럼 어디 한번 해보거라.

'오냐, 그렇단 말이지?'

강토의 오기가 발딱 일어났다. 그러나 장소는 청와대 국무회의실. 은재구의 주머니를 털어줄 소매치기의 여신도 없고 시크릿 메즈는 통하지 않았다. 거기에 더해 차영아에게 맡긴 조각에 대한 분석은 나오지도 않은 상태.

젠장!

이강토, 위기에 봉착하고 말았다.

'어쩐다?'

남은 건 세 명…….

강토는 생각에 잠겼다. 국무위원 검증 일. 밖에는 이미 기자들이 진을 치고 있었다. 여기서 셋을 그냥 보내면 면죄부를 주는 꼴이었다. 물론 나중에라도, 광수와 그 여자의 도움을 받아 따로 해결할 수는 있었다. 하지만 번잡하다. 청와대에 국무위원 검증에서 비리 관련 없음으로 나온 국무위원. 차후에 비리가 밝혀진다면 강토의 검증에 의구심이 들 수밖에 없었다.

'어떻게든…….'

여기서 끝장을 봐야 했다.

세 장관!

한 가지는 분명했다.

─은재구의 라인이라는 것.

거기에 한 가지 의심을 덧붙일 수 있었다.

─구린 면이 있다는 것.

은재구 라인이 다 비리 비빔밥이라는 건 아니었다. 하지만 떳떳하다면 저런 비방을 받아 왔을 리 만무했다.

'별수 없지!'

승부구를 던지는 수밖에.

강토가 손을 들었다. 검증이 끝났다는 신호였다. 벽 쪽 좌석에서 장철환이 일어섰다. 강토는 장관별로 정리된 메모를 넘겼다. 대통령에게 꾸벅 인사를 한 장철환, 총리를 비롯하여 전 국무위원에게 메모를 돌렸다. 각자의 결과에 해당하는 메모였다.

백지!

그걸 받아 든 총리의 입가에 미소가 피었다. 진행 방식을 장철환에게 들은 그였기 때문이었다.

산업통상자원부 장관과 건설부 장관, 교육부 장관의 입가에도 미소가 보였다. 지구 방사선파를 지닌 삼인방이었다. 나머지 장관들은 희비가 엇갈리고 있었다. 일부는 뇌파 분석 불가 표시도 붙었다. 전체에서 고개를 떨군 장관은 모두 다섯 명이었다.

"결과는 백지와 메모, 분석 불가의 셋으로 나갔을 겁니다. 저도 내용은 보지 않았습니다. 메모가 적힌 장관께서는 그 내용을 인정한다면 나가시면서 사표를 제출해 주시기 바랍니다. 이의가 있는 분은 제 회의실로 오셔서 여기 원로님들 앞에서 해명을 하실 수 있습니다. 다만 사표를 내는 분에 대해서는 아무것도 묻지 않겠습니다."

장철환이 설명했다. 장철환의 이마에서 땀이 흘러내렸다. 회의실 분위기는 그새 후끈 달아올라 있었다.

"자자, 우리도 그만들 갑시다. 일이 잔뜩 밀렸어요!"

선동하며 일어선 사람은 역시 산업통상자원부 장관이었다. 백지를 받은 장관들도 그 뒤를 따라 일어섰다. 그때 장철환의 추가 멘트가 이어졌다.

"아, 백지에는 두 가지가 있습니다. 백지 모서리에 작은 별이 그려진 분들은 조금만 더 착석해 주시기 바랍니다."

장철환이 손수건을 꺼냈다. 장관들도 땀을 닦기 시작했다. 다시 백지를 보던 산업통상자원부 장관, 시선이 굳는 게 보였다.

대통령이 일어났다. 장철환에게 다가와 뭐라고 귀엣말을 건넸다. 그런 다음 비서실장, 안보실장과 함께 나갔다. 뒤를 따라 장관들이 일어섰다. 총리와 청와대 비서관들도 상당수 나갔다. 띄엄띄엄해진 국무위원 자리에 남은 건 세 명의 장관. 그들과 함께 남은 건 강토, 장철환과 육 비서관 등이었다.

유동국 장관, 그 눈빛이 강토에게 날아왔다. 피하지 않았다. 국무위원관 전쟁은 이제야 시작이었다.

*　　　　　　*　　　　　　*

ㅡ산업통상자원부 장관 유동국!

ㅡ건설부 장관 진남일!

ㅡ교육부 장관 우경만!

"장 수석!"

열이 치받은 유동국이 참지 못하고 포문을 열었다.

"말씀하시지요."

"이게 무슨 발칙한 의도요?"

"의도라니요?"

"우리만 남기고 다 퇴장하니 국무위원들의 의심을 고스란히 받는 꼴 아닙니까?"

유동국은 한껏 격앙되어 있었다.

"너무 흥분 마시죠. 단지 재검사가 필요하다기에……."

"재검사? 저자가 말이오?"

유 장관의 눈빛이 강토에게 날아갔다. 대통령이 퇴장한 회의
실. 집권자가 나가자 그들은 불쾌함을 감추지 않았다.

"얼렁뚱땅하지 말고 말씀을 명확하게 하세요. 재검증이라니?
우리가 무슨 비리라도 있다는 겁니까?"

유 장관은 날 선 각을 세우고 나섰다. 그러는 동안에 그의
이마에서도 땀이 흘러내렸다. 열을 받은 데다가 회의실 온도까
지 변한 것이다.

"죄송합니다. 에어컨에 문제가 생겼으니 상의를 잠시 벗으시
는 게……."

육 비서관이 세 장관에게 권했다. 돌연 더워진 실내. 히터라
도 나오는 듯한 찜통이었지만 그게 문제가 아니었다.

"좋습니다. 일단 재검증인지 뭔지부터 해보시죠. 대체 뭘 어
쩌겠단 말이오?"

상의를 벗어 의자에 걸친 유 장관이 기염을 토했다. 보란 듯
이 그 말을 강토가 받았다.

"재검증이 아니라 비리 확인입니다!"

비리 확인!

명명백백한 단어를 구사했다.

말의 어감도 180도 달라졌다. 공손이 아니라 자극이었다. 씩

씩거리던 유 장관의 눈이 섬뜩한 도끼날로 변해갔다.

"건방진, 너 대체 정체가 뭐야? 누군가의 사주를 받고 꿰맞추기 하고 있는 거 아니야?"

마침내 본성을 드러내는 유 장관.

"죄송합니다만 장관님에게서 읽었습니다. 치명적인 비리!"

눈도 꿈쩍 않고 도발적인 응수를 하는 강토.

"뭐라?"

흥분한 유 장관, 끝내 자리를 박차고 일어서고 말았다.

"아니, 저자가 어디서 함부로 망발을?"

"이 친구 뭐야? 무슨 증거로 유 장관을 모함하는 거야?"

두 장관도 자리에서 일어나 가세를 했다. 가재는 게 편. 그 또한 이미 예상한 강토였다.

"모함이 아니라 진실입니다. 냄새가 진동해 코가 썩을 것 같은 부패 장관님들……."

"저자가 말이면 단 줄 아나!"

유 장관 가까이에서 도발한 강토, 유 장관은 더 참지 않았다. 기어이 달려들어 강토의 멱살을 잡은 것이다. 강토는 뒤로 밀렸다. 장관은 계속 따라오며 강토를 조여댔다.

"너 뭐야? 뭐냐고?"

"왜 이러십니까?"

육 비서관이 끼어들어 유 장관을 말렸다. 회의장은 바로 난장판이 되고 말았다.

"이런 건방진 놈, 누구의 사주로 이따위 사기극을 벌이는 거야!"

날아오는 유 장관의 손을 강토가 막았다. 비실거리는 척 테이블에서 멀리 밀려난 강토. 계산한 거리가 확보되자 눈빛에 불이 들어오기 시작했다.

"사기는 장관님이십니다!"

유 장관의 손목을 잡아채 멱살을 푼 강토, 싸한 목소리는 저승사자를 닮아 있었다.

"뭐야?"

"유동국 장관님!"

"……?"

"어디부터 시작해 드릴까요? 척추 3번 디스크를 조작해 만든 아들의 병역 비리부터 갈까요? 사진은 몸매가 비슷한 아들 친구 송장호가 대신 찍었죠? 그 친구는 실제로 극심한 디스크를 앓다 스물여덟 나이에 죽었고… 그게 좀 약하면 경제 살리기를 내세워 재벌 총수들의 사면을 요청하고 선물로 받은 외제 차 시트 안에 가득 찬 100달러 뭉치부터 깔까요?"

"……?"

"아니라고요?"

"이놈이 누구를 잡으려고?"

"인정하지 않으신다면 인정할 때까지 하나씩 더 해드리지요. 제 입을 막고 싶으면 인정하는 게 좋을 겁니다."

"닥쳐!"

다시 유 장관이 강토의 멱살을 거머쥐었다.

"감사원 사무차장 시절, 제2금융권에 대한 감사 대상에서 한

곳을 제외함으로써 사촌들 명의로 받은 주식 8만 주."

"……?"

"이후 현금화해서 거둬들인 돈이 당시 금액으로 16억 6천만 원이었죠? 아, 정확히는 16억 6천 2백만 원이었군요."

"……"

유 장관, 동공이 초점을 잃는 게 보였다.

"이번에는 게임도 볼까요? 어른들이 하시는 게임."

"……?"

초점 잃은 동공이 파르르 떨렸다.

"7년 전 마카오, 홍콩 국제회의 다음 날, 관광공사의 사장님이던 장관님은 좀 쉬겠다면서 일정을 접었습니다. 그날 격무(?)에 시달린 장관님은 우아한 게임으로 심신의 피로를 푸셨죠. 장소는 마카오 베네시안 호텔의 특설 룸. 하루 판돈은 8억여 원. 물론 그 돈은 지금 잘나가는 게임 회사의 CEO이신……"

이제는 그 전율이 어깨를 타고 무릎까지 내려간 유 장관.

"그만!"

발악적으로 소리쳤다.

"제가 한 말을 전부 인정하시는 겁니까?"

"……"

"인정하지 않으신다면 계속하죠. 가까이는 저를 모함하기 위해 우리 집 앞에 고급 선물들을 보낸 것부터 시작해서……"

"그만, 인정하면 될 거 아냐!"

강토의 멱살을 쥐고 있던 유 장관이 주르륵 무너졌다. 허물어지고 나니 모래성만도 못한 추잡한 권력의 모습. 강토는 옷깃을 여미며 남은 두 장관에게 다가섰다.

"우, 우리도 모함하려는 것인가?"

건설부 장관이 소리쳤다.

"유 장관님의 경우를 보셨으니 길게 설명은 않겠습니다. 자신의 비리를 인정하시면 거기서 끊고 그렇지 않으면……."

강토가 가만히 시선을 들었다. 두 장관은 이미 사시나무가 되어 있었다.

"진남일 장관님, 장관님은 지역구 의원 시절, 그러니까 5년 전 11월 4일, 비가 오던 밤이군요. 사고로 죽은 동생분의 처와 메밀국수 전문점 '혜원'의 홍실 룸에서……."

"인정!"

진남일은 사색이 되어 두 손을 들었다. 그가 저지른 비리는 개인적이었다. 하지만 도덕적으로 치명적인 것이 있었으니 죽은 동생의 처와 관계를 가졌던 것. 치명적인 건 그것 하나뿐. 간과해 줄 수도 있었다. 그러나 무엇보다, 지구 방사선파로 무장을 하고 나온 게 강토의 적의를 자극하고 있었다.

마지막은 우경만 장관. 그 또한 이미 포기한 것인지 한숨과 함께 고개를 떨구었다.

"사표 내겠소!"

우 장관의 비리는 비리 사학 재단을 구제해 주고 받은 불법 정치 자금이 1호로 나왔다. 법령을 느슨하게 적용하고 재단에 우호적인 관선 이사를 파견해 결과적으로 비리 사학 재단을 구제해 준 것. 그 결과 학생회 회장이 분신을 시도해 중상을 입는 비극까지 초래했다.

2호는 최근 사건이었다. 발원지는 로스쿨. 감사 결과 부정입학 사례가 100여 건이 드러났지만 장관이 직접 담당 서기관을 불러 조용히 넘어가도록 지시했다.

이유는 지인들의 자제 때문이었다. 관련자들 중에서 여섯 명이 지인의 아들딸이었다. 그들은 바로 장관을 찾아와 읍소를 늘어놓았다. 당연히 봉투와 선물도 놓고 갔다. 선물 중에는 금괴 두 개도 있었고, 시가 5천만 원을 호가하는 다이아몬드 목걸이도 있었다. 결과적으로 부정 행위가 발견된 합격자들은 전원 구제된 셈. 금수저들의 청탁 덕분에 흙수저들의 기회가 박탈된 꼴이었다.

후우!

우경만 장관의 인정을 받고 나서야 강토는 깊은 날숨을 토했다. 위기를 돌아 나온 강토, 그야말로 기사회생이었다.

"고맙습니다."

강토는 육 비서관에게 인사를 건네고 나왔다. 그냥 하는 인사가 아니었다. 그가 징계를 무릅쓰고 회의실 온도를 올려준 데 대한 보답이었다. 강토의 비밀스러운 요청이었다.

지구 방사선파 물질!

그것의 존재를 느낀 강토가 짜낸 묘책이었다. 장관들은 죄다 양복에 넥타이 차림이었다. 다들 에어컨 빵빵하게 나오는 사무실에 근무하는지라 양복 또한 춘추복도 있었다. 유 장관도 그랬다.

'옷을 벗겨야 해!'

지구 방사선파 물질의 위치를 파악한 강토, 그 분위기 조성을 육 비서관에게 부탁했던 것. 물론, 그때는 세 장관의 비리에 대해 알기 전이었다. 그러나 제 발에 저려 무장한 사람들. 반드시 비리가 있을 것으로 확신했다. 그래서 던진 승부수가 먹힌 것이다.

"좀 쉬겠습니까?"

복도로 따라 나온 육 비서관이 물었다. 피곤한 강토의 얼굴을 본 모양이었다. 국무위원 검증 이후에 예정된 기자회견. 그 또한 그냥 넘길 수 없는 일이었다.

"바로 이어서 하겠습니다."

강토는 기자들이 진을 치고 있는 복도를 바라보았다.

"대표님!"

문수가 다가왔다. 덕규 주머니에서 캔 맥주 볼륨이 느껴졌다.

"나 주려고?"

강토가 주머니를 툭 치며 웃었다.

"아, 아뇨……."

당황한 덕규가 몸을 움츠렸다. 단순한 덕규. 늘 하던 것처럼 생각했겠지만 다른 날과 다른 오늘이었다. 그렇기에 주머니 안에 감춘 모양이었다.

"그거 보니까 정신이 좀 드네. 빨리 끝내고 마실 테니까 차끈

차끈하게 좀 부탁한다."

강토는 덕규 어머니 버전으로 부탁하고 돌아섰다.

"알겠습니다!"

덕규는 목이 터져라 대답했다. 청와대에서도 쫄지 않는 강토. 그게 덕규의 감격에 불을 지른 것이다.

펑펑펑!

여기저기서 플래시가 터졌다. 강토는 담담하게 회견장에 올라섰다. 기자들이 우르르 질문을 쏟아냈다.

"어떻게 됐습니까?"

"몇 명이나 비리에 연관되었습니까?"

"어떤 비리인지 구체적으로 말씀해 주십시오."

순번을 정한 기자들이 차례로 강토를 재촉했다.

"자세한 발표는 청와대 담당 비서관께서 하실 것으로 압니다."

강토가 첫 말문을 열었다.

"검증자의 입으로 직접 듣고 싶습니다. 몇 명이나 나왔습니까? 비리의 종류는 어떤 것들입니까? 뇌파가 안 통한 사람은 몇이나 되고요?"

네 번째 차례의 기자가 소리쳤다.

"제가 검증한 비리는 극소수입니다. 다만 일부 국무위원들께서 작금의 사태에 책임을 통감하고 사표를 내는 경우가 있을 것으로 봅니다. 그리고 뇌파가 안 통한 사람은 몇 분 있었지만 밝힐 수 없습니다."

"물타기 아닙니까? 솔직히 말해주세요!"

"제게 확인할 사안은 다른 것으로 압니다만!"

강토는 질문을 일축해 버렸다. 빨리 끝내고 싶은 생각도 있었다.

"이강토 대표는 지금 피곤합니다. 원래 약속된 기자회견이 아니면 여기서 끝낼 수도 있습니다."

육 비서관이 이 기자회견의 주제를 상기시켰다. 그러자 송재오가 나서서 구원투수 역할을 해주었다.

"맞습니다. 이 대표의 뇌파 검증에 신빙성이 있는지나 확인합시다!"

이어 두 명의 기자가 앞으로 나왔다. 남자와 여자 하나였다. 둘은 나름 미신 따위에 관심이 없고 강단이 강한 기자들. 기자들 사이에서도 공히 인정을 받는 사람들이었다.

"레이디 퍼스트로 가죠. 여자분, 눈을 감아주세요!"

강토가 여자를 바라보았다. 많은 기자들의 눈을 의식해 형식을 갖추는 강토였다. 여자에게 눈빛을 집중하던 강토, 두 손으로 기라도 모으는 듯 허공을 휘저으며 집중하는 모습을 보였다. 퍼포먼스가 필요한 자리였다.

"이분은 제 능력으로 불가합니다!"

한참 뜸을 들인 후에 강토, 잔뜩 긴장한 기자들의 김을 쫙 빼놓았다.

"뭐야?"

여기저기서 웅성거림이 새어 나왔다.

다음으로 남자 기자를 겨누었다. 방법은 여기자에게 한 것과 비슷했다. 강토는 감았던 두 눈을 단숨에 떴다. 놀란 기자들이 강토에게 카메라를 겨누었다.

"좋은 것만 말씀드리겠습니다. 이 기자님은 네 달 전, 보너스로 나온 돈 4백만 원을 복지 재단에 익명으로 기부한 적이 있습니다. 나아가 한 벤처기업의 억울한 사연을 청와대 담당관에게 건의해 시정 약속을 받았습니다. 아울러 야당 의원의 비리를 추적하고 있는데 오늘 저녁 중요한 정보원과의 종로 보신각 만남을 기대하고 있습니다. 맞나요?"

"으억!"

기자는 대답 대신 신음을 토해냈다.

"그럼 제가 피곤한 까닭에……."

강토는 그 길로 회견을 끝냈다.

"이봐요, 이강토 대표!"

기자들이 쏟아져 나왔지만 강토에게는 접근하지 못했다. 그 앞을 가로막은 경호실 직원들 때문이었다.

"대통령께서 기다리고 계십니다."

육 비서관이 강토를 안내했다. 강토는 복도를 따라 유유히 사라졌다.

*   *   *

"어서 오시게!"

집무실의 대통령이 강토를 맞았다. 옆에는 총리와 비서실장, 장철환이 자리를 하고 있었다. 강토는 다시 꾸벅 인사를 올렸다.

"이쪽으로!"

육 비서관이 말석의 의자를 권했다. 강토가 의자에 자리를 잡았다.

"정말 수고 많았어요!"

대통령이 박수를 두 번 보내주었다. 옆의 비서실장과 총리도 박자를 맞추었다.

"다음번에는 빅 쓰리와 금융권 위원회 차례인가?"

대통령이 장철환을 돌아보았다.

"예!"

빅 쓰리!

빅 쓰리는 검찰총장과 국세청장, 경찰청장을 이르는 말. 청와대를 제외하면 알짜 권력의 핵심으로 볼 수 있는 곳이었다.

"그다음엔?"

"장성들입니다."

"아무튼 앞으로도 계속 수고를 해주시게."

대통령이 치사를 하는 동안, 강토의 매직 뉴런은 그의 뇌 속으로 돌진하고 있었다. 이것은 작심된 일이었다. 은재구에게 각서를 써준 대통령. 일국의 대통령이 가진 비밀은 넘보지 않으려 했던 강토. 하지만 이렇게 연관이 되고 보니 확인이 필요한 일이었다.

〈은재구〉

강토는 검색어를 넣었다. 의지를 전달받은 매직 뉴런들의 가지가 출렁거리기 시작했다.

은재구, 은재구……

뉴런들은 그 기억을 품은 대통령의 뉴런의 말단을 촘촘히 연결해 들어갔다. 이제 대통령은 은재구에 관한 기억을 강토와 공유하게 되었다.

처음 나온 건 얼마 전의 기억이었다. 중국에서 귀국하기 무섭게 청와대에 들이닥친 은재구. 대통령 집무실에서도 그 기세는 꺾이지 않았다.

그의 첫 일성은……

"지금 같이 죽겠다는 겁니까?"

…였다.

대통령은 변죽으로 맞섰다.

"왜 이렇게 흥분하신 거요?"

은재구는 계속 목소리를 높였다.

"하상택 의원과 이해룡 의원을 만났습니다. 이거 신사협정 위반 아닙니까?"

"그건 은 의원이 먼저 깬 것으로 압니다만."

"무슨 소리를 하는 거요?"

"은 의원 지분으로 내 정책을 감시하고 훼방한 게 아니라는 겁니까?"

"그건 내가 할 소리입니다. 대통령은 지금 자신의 무능을 내 사람들에게 전가하고 있어요!"

"무능이라고 하셨습니까?"

"여론조사가 그렇지 않습니까? 나와 연합할 때 대통령의 지지도는 50%에 육박했어요. 그런데 지금은 어떻습니까? 지난번 여론조사는 아마 28% 선이었지요?"

"그건 은 의원이 영향력을 미치는 미디어의 통계 아닙니까?"

"구중궁궐에 틀어박혀 외국 순방이나 즐기시더니 감을 잃었군요. 요즘이 여론조사 조작이 가능한 시대입니까?"

"그거야 어떤 설문을 들이대느냐에 따라 다르겠지요."

"아무튼 더 이상 내 사람들 건드리지 마세요. 그렇게 되면 나 가만히 있지 않을 겁니다."

"가만히 있지 않으면요?"

"퇴임 후를 생각하세요. 퇴임 후에 못 볼 꼴 본 전직 대통령 한둘이 아닙니다."

"나를 협박하는 겁니까?"

"협박은 대통령께서 먼저 했습니다. 이 사람의 좌우 날개를 자른 분이 그런 말이 가당키나 합니까?"

핏대를 올리는 은재구의 모습에서 탐색을 잠시 멈췄다.

은재구의 항의!

도를 넘고 있었다.

더 중요한 건 대통령이 사사건건 공박은 하지만 기세에서 조금 밀리고 있다는 점이었다.

'역시 그 각서가 아킬레스건?'

강토는 잠시 밀쳐둔 방금 전의 기억을 까보았다. 아까 국무위원실에서 본 마지막 광경이었다. 대통령이 장철환에게 하던 말… 그 기억으로 관점을 옮겼다.

"장 수석……."

"……."

"저 셋은 대충 하시게!"

저 셋…….

강토가 따로 남겼던 은재구 라인의 장관들을 가리키는 말이었다.

젠장!

강토의 뇌리에 아찔함이 스쳐 갔다. 대통령은 확실히 은재구를 의식하고 있었다. 그렇기에 장철환이 단지 경고를 위해 그들을 따로 남게 한 것으로 오해한 모양이었다. 그렇다면 십중팔구 그들에 대한 비리는 덮고 갈 수도 있었다.

'대체 그 각서가 뭐길래…….'

이제 빼고 더할 것도 없는 강토, 기왕에 벌어진 일이니 각서의 기억까지 열지 않을 수 없었다.

〈은재구와의 각서〉

매직 뉴런에게, 한 단어가 전달되었다. 뉴런들은 광속의 반응으로 뇌 시스템을 따라 대뇌피질로 달려갔다. 그만큼 강토도 서두르고 있다는 방증이었다.

각서…….

각서······.

그 판도라의 상자가 열렸다. 하나가 아니고, 셋이었다.

'셋?'

태연한 척하고 있던 강토, 등골이 오싹하게 긴장되는 걸 느꼈다. 대통령의 기억 속에 새겨진 대선의 각서는 무려 셋이었다.

하나는 은재구에게.

또 하나는 전임 대통령에게.

또 하나는 최웅순에게.

한마디로 말하면 대통령이 되면 그들 라인에게 일정 지분을 보장해 주겠다는 의미의 각서였다. 은재구만 해도 고개가 저어지는 판에 최웅순까지······.

최웅순은 계보상 석귀동의 정치적 스승. 석귀동을 정치에 입문시킨 게 바로 최웅순이었다. 역시, 석귀동이 방귀 좀 뀌는 데에는 이런 연유가 있었던 것이다.

"······."

머리가 뜨끈해졌지만 참았다. 권력은 전쟁이란 말인가? 승자는 전리품을 챙긴단 말인가? 국민으로부터 위임된 모든 것이 그들에게는 전리품에 불과하단 말인가?

'은재구······.'

정신을 가다듬은 강토, 은재구의 머리에 들었던 그날의 기억을 잡아냈다. 대통령이 그에게 각서를 넘기는 그 장면이었다.

낡았다.

대통령의 기억 속에서 빛이 바래기 시작한 기억이었다. 아니, 어쩌면 그냥 잊어버리고 싶은 대통령의 바람일 수도 있었다.

"그러니까……."

베팅은 대통령의 입에서 나왔다.

"한번 밀어주시면 내 그 은혜 잊지 않으리다."

은밀한 음식점 내실이었다. 테이블의 음식은 다 식은 지 오래였다. 어차피 음식 따위가 문제가 될 리 없는 자리였다.

"이 사람이 챙겨야 할 사람이 많아요. 지금 박빙이라 이해시키기도 쉽지 않고……."

은재구가 넌지시 주판을 튕겼다.

"5분의 1을 드리리다!"

"사실 내 비서실장은 2분의 1을 준다고 해도 마다하라 조언했습니다만……."

"5분의 1 이상은 안 됩니다. 대신 우선권을 드리지요."

"총리까지 포함해서 말입니까?"

"총리는 좀……."

"임기 초반에야 그렇겠지만 후반부는 가능할 수 있지 않습니까?"

"……."

"거기에 빅 쓰리 한 명을 포함시켜 주면 내 라인을 설득해 보겠소."

"……."

"청와대 주인이 되시기에는 배포가 모자라시는군요."

"……."

"없던 일로 합시다. 장사 한두 번 해보시나."

"수용하겠소."

일어서려는 은재구를 대통령이 잡았다. 두 사람이 말하는 〈신사협정〉 즉 밀실 협약이 체결되는 순간이었다.

거기서 다시 기억을 세웠다. 더는 이어 보지 않았다. 강토는 그저, 파르르 떨리는 주먹을 달랠 뿐이었다.

"그럼 저는 이만……."

대통령의 하명이 있기도 전에 일어섰다. 더 있다가는 입이 사고를 칠 것 같았다. 대통령의 뇌도 역시 하나의 뇌에 불과하므로.

"이 대표!"

장철환이 따라 나왔다.

"안색이 좋지 않군?"

"예, 무리를 한 것 같습니다."

"면목 없네. 동시에 고맙네."

"그런데 장 고문님……."

"하실 말이 있으신가?"

"아, 아닙니다. 이만 돌아가겠습니다."

한 번 더 인사를 하고 돌아섰다. 대통령의 은밀한 지시를 전달받았던 장철환. 그 순간 강토에게 아무런 언질도 하지 않았다. 그렇다면 장철환, 세 장관을 비리 장관에 끼워 넣겠다는 의지일까? 그걸 묻고 싶었지만 발표는 일주일 후로 예정된 일. 시간이 지나면 저절로 알 일이었다.

넓은 주차장에 닿았다. 문수와 덕규를 보니 마음이 조금 안정이 되었다.

"대표님!"

강토 얼굴에 시름이 묻은 걸까? 문수가 걱정스레 말했다.

"덕규야, 맥주 잘 식은 거 있나?"

"여기요!"

덕규는 기다렸다는 듯이 캔 맥주를 내밀었다.

왈칵발칵!

한 캔을 단숨에 들이켰다. 위장이 짜릿해지자 겨우 긴장에서 풀려났다. 더러운 기분도 상당 가셨다.

"방 실장!"

"말씀하십시오."

"여고생 어머니께 연락해서 가능하면 그 건 오늘 매칭시켜."

"쉬지도 않고요?"

"빨리 끝내고 갈 곳이 생겼어."

"청와대에서 또 다른 오더가 떨어졌습니까?"

"아니, 내가 만든 오더야."

"……?"

"중국에 좀 가봐야겠어. 시안의 화산."

"대표님?"

"신속 비자 있다고 들었거든. 내일 오전에 법원 스케줄이니까 저녁에라도 갈 수 있게 준비해 봐."

"……!"

문수와 덕규는 숨도 쉬지 않았다. 국무위원 검증이라는 초유의 일을 해치우고 나온 강토. 표정으로 봐도 분명 휴식이 필요한 상황이었다. 그런데 느닷없이 중국행이라니?

점심은 조아인과 먹었다. 갑자기 잡힌 약속이었다. 강토네가 뭘 먹으러 갈까 의견을 나눌 때 그녀의 전화의 번호가 떴다. 광화문에서 여의도. 그리 멀지 않았다.

"모셔!"

덕규에게 지시한 문수가 강토를 보며 거푸 말했다.

"사무실은 제가 맡고 있을 테니까 맞나게 드시고 오세요."

선수를 친 문수. 아야 소리 못 하고 여의도로 향하게 된 강토였다.

그녀가 추천한 메뉴는 삼계탕이었다. 덕규는 같이 들어오지 않았다. 그 또한 문수의 엄명(?)으로 보였다.

"국무위원 검증 어땠어요?"

닭다리를 떼어놓으며 그녀가 물었다.

"좋았습니다."

"거짓말 마세요. 얼굴에 완전 재수 꽝이었어 하고 쓰여 있는데……."

"그렇게 보여요?"

"비리 장관들이 꽤 나왔군요?"

"뭐……."

"혼자 짐 안 지셔도 돼요. 사실 우리도 이런저런 제보는 많이 받고 있어요. 수사기관이 아닌 데다 기자들 수준에서의 확인 입증이 어려워 나서지 못하지만요."

"아쉽군요. 다들 그렇다고 하니……."

"그렇게 보면 또 그러네요. 경찰은 경찰대로, 검찰은 검찰대로……."

"언론은 언론대로……."

"그럼 말 난 김에 우리 둘이 국회로 갈까요? 가서 닥치는 대로 비리 의원들을 엮어가지고 광화문으로 끌고 와서 먼지가 안 나도록……."

"삼계탕 식어요."

아인이 장난기를 부리자 강토가 웃었다.

"머리 아프면 검증 얘기는 하지 말고 식사나 많이 하고 가세요. 인삼주 한잔 시킬까요?"

"아뇨, 담근 술은 어쩐지 머리가 아픈 거 같아서……."

"원래 뭐든지 이것저것 섞이면 그런 거예요."

"예……."

"도와줄 건 없어요?"

"말만 들어도 고맙네요. 부탁할 게 있으면 따로 말씀드리지요."

"사실 우리도 분위기 어수선해요. 원래는 방송국도 검증 한

번 해야 하는데……."

"방송국도 권력 비리가 있습니까?"

"방송국은 뭐 사람 사는 곳 아니에요? 여기도 청와대나 정치권에 줄 대는 사람 많다고요. 청와대에 언론인 출신도 많잖아요? 대부분은 언론이라는 대표 자격으로 가지만 일부는 딸랑딸랑 아부 신공으로 가는 사람도 있지요."

"아, 예……."

"이 대표님 보면 존경스럽기도 하지만 안됐기도 해요. 비리나 부패한 공직자는 사실 그쪽 시스템에서 걸러야 하는 일인데 혼자 책임을 지고 있잖아요."

"그래서 가끔은 도망치고 싶을 때도 있답니다."

"어머, 정말요? 어디로요?

"저기 산호 바다가 섬을 이룬 몰디브 같은 곳… 그런 데서 유유자적 스킨스쿠버나 하면서 살면……."

"바다 좋아하세요?"

"바다도 좋지만 거기서 나와서 라면 한 접시 후르륵 하면……."

"흐음, 내가 따라갈까 했더니 마지막이 별론데요? 게다가 몰디브는 100년 후쯤 바다 속으로 들어갈 거라는 말도 있고……."

"100년 후면 우리도 죽을 거 아닌가요?"

"흐음… 섬과 운명을 같이한다?"

"그러면 안 되나요?"

"하핫, 듣고 보니 멋진데요? 왜 선장도 자기 배가 가라앉으면 운명을 함께하잖아요."

"그렇죠?"

"진짜 가실 거면 연락하세요. 나 방송국 잘리면 거기 청소부로라도 취업 좀 하게……."

"아인 씨가 잘리면 누가 남나요?"

"어머, 왜 이러세요? 저도 실은 미운 털이라고요. 우리 채 국장님과 저, 이사장님이 찍어놓은 거 몰라요?"

"짤리면 저희 컨설팅에 오세요. 책상은 언제든 마련해 둘 테니까요."

"그거 각서로 써주실 수 있어요?"

아인이 고개를 들이밀며 물었다.

각서!

대통령의 각서가 생각나 피식 웃어버렸다. 각서란 과연 함부로 써주면 안 될 물건이었다.

그녀와의 식사는 강토에게 위로가 되었다. 수컷에게 있어 여자가 주는 위안은 컸다.

"조 앵커님, 우리 형 좋아하나?"

차로 돌아오자 덕규가 중얼거렸다. 강토는 그 품에 카페모카를 한 잔 안겼다.

"조 앵커는 너 좋아하나 봐. 이거 갖다주라던데?"

덕규의 입은 커피로 막았다. 실제로도 아인이 사준 커피였다.

멀리로 국회의사당이 보였다. 복잡한 생각은 내려놓고 한 가지만 생각했다.

'은재구······.'

그는 지구 방사선파 물질을 가지고 왔다. 주요 보좌관에게도 주었고 자신의 라인으로 통하는 국무위원 3인방에게도 주었다. 그렇다면 최측근들에게도 주었을 일. 어쩌면 빅 쓰리로 통하는 누군가에게도 방지책으로 안겼을지 모를 일이었다.

대책이 필요했다. 오늘은 임기응변으로 넘겼다. 하지만 매번 저들의 상의를 벗길 수 없는 일. 매번 소매치기 신공을 펼칠 수도 없는 일······.

'원인을 알아내야지.'

강토는 은재구의 기억에서 보았던 중국인 선사를 떠올렸다. 만든 사람이니 무력화시키는 비방도 알 것 같았다. 강토에게는 그게 필요했다.

아울러 그 선사······.

잠깐의 기억으로 엿본 모습이 범상치 않았다. 거기에 유대인 염력술사가 겹쳤다. 강토 자신이 보통 사람과 다른 능력을 갖다 보니 그런 일들이 더 궁금한 강토였다.

뿍뿍!

커피가 바닥나자 빨대가 헛발질하는 소리가 들렸다. 그 소리를 따라 전화기가 울렸다.

딩로도롱당당!

문수였다.

"여고생 어머니와 통화했는데요, 오후 4시라면 괜찮답니다. 중국 비자도 급행으로 신청해 두었습니다."

오후 4시…….

슬슬 여학생이 자살한 학교로 움직일 시간이었다.

제5장
가해자 위의 포식자

여고 2학년.

참 좋은 때다.

사람들은 그렇게 말한다. 하지만 학생의 입장에서는 지옥의 한가운데 선 꼴이다. 오죽하면 학교를 감옥이라고 부를까?

―너, 남 위해서 공부하니?

사람들은 또 그렇게 말한다. 물론 아니다. 그런데, 상당수의 경우에는 부모의 만족도와 맞물리는 경우가 많다.

―학생 성적이 부모 지위.

학생을 둔 학부모들은 공공연히 그런 분위기를 만들었다. 학부형 모임에 나가도 아들딸이 공부를 잘해야 대우를 받는다. 그러니까 아이들은 부모를 위해 공부하고 있다고 해도 딱히 틀린 말은 아니었다.

이승라!

열여덟 꽃다운 나이였다. 나이만 꽃다운 게 아니라 외모도 그랬다. 산뜻하고 예뻤다. 머리도 좋고 얼굴도 예쁜 아이. 아빠가 없다는 것만 빼고는 빠질 게 없었다.

친구 관계는 약간 문제가 있었다. 공부를 잘하니 같은 반 여학생들에게 질투를 받았고 얼굴까지 예뻐 남학생들이 줄줄 따르니 그 또한 질투의 대상이었다. 하지만 그건 그 또래들에게 흔히 일어날 수 있는 일. 단지 질투 수준에 그치는 일에 불과했다.

—여자 담임선생님!

—여학생 둘!

—남학생 하나!

승라의 어머니가 지목한 건 넷이었다. 그중에서도 특히 담임선생님이 눈에 띄었다. 여학생 둘은 딸과의 대화 속에서 자기를 미워한다고 등장했던 인물들. 남학생 또한 이성 관계에서 불거진 의견 차이로 리스트에 오른 경우였다.

이들 넷은 이미 경찰 조사를 받았다. 승라가 옥상에서 투신하자 주변 인물들에 대한 참고 조사에 들어간 것. 경찰 조사 결과 넷은 아무런 혐의도 없다는 판정을 받았다.

하지만 어머니는 그 결과를 믿지 않았다. 경찰 조사 이후에도 교육청과 시장 등을 찾아다니며 탄원을 냈다. 자살할 아이가 아닌데 범인도 없고 원인 제공자도 없다는 걸 받아들일 수 없었다. 정 안 되면 자살 이유라도 알아야 했다. 그게 어머니의 마음이었다.

그때 승라의 어머니 눈에 강토 기사가 들어왔다.

〈뇌파 전문가 이강토—뇌파로 마음을 읽다〉

'이 사람이다!'

어머니 눈에 불이 들어왔다. 범인을 잡지 못해도 좋았다. 왜 죽었는지라도 알고 싶었다. 교육감을 조르고 장학사를 볶았다. 청와대에도 민원을 넣었다. 어머니가 지목하는 네 사람에 대한 사적인 질문 기회를 달라.

그들은 어머니의 소원을 받아들였다. 그렇게라도 해서 어머니의 민원을 잠재우는 게 신상에 편하다고 판단한 것이다.

'여자 담임……'

교실에 자리가 마련되는 동안 강토는 화단을 바라보았다. 화려한 꽃 위로 벌과 나비가 웅웅거리고 있었다. 꽃에는 벌과 나비가 따른다. 그런데 승라와 여자 담임은 둘 다 꽃이었다. 흔하디 흔한 사제 간의 불륜은 생각하기 어려운 일이었다.

"요즘은 동성애도……"

문수가 의견을 제시해 왔지만 그 또한 조심스러웠다. 아직은 일반화하기 어려운 까닭이었다.

물론 다른 가능성도 많았다. 승라는 자살 직전의 시험에서 성적이 조금 떨어졌다. 조금이라지만 최상위권에게는 심각한 일. 담임이 전략적으로 키우는 학생이었다면 꾸지람이 있을 수 있었다.

'너 이래 가지고는 SKY 못 가!'

아, 속상해.

―고심하다 상심 끝에 자살!

상상은 편하다. 상상 속에서는 뭐든지 가능하기 때문이다. 그렇게 상상의 불을 활활 질러갈 때 승라의 어머니가 다가왔다.

"자리 준비됐대요."

강토는 꽃을 보던 시선을 거두었다.

"꼭 부탁드려요."

어머니는 또 한 번 허리를 조아렸다. 기분이 좋지 않았다. 졸지에 딸을 잃은 어머니. 그 피해자가 왜 이렇게 저자세가 되어야 하는 걸까? 사실은 교장이나 교감이 나와서 이런 부탁을 해야 했다.

'사실관계를 꼭 좀 밝혀주세요!'

하지만 교장 교감은 코빼기도 보이지 않았다. 그들은 이 일에 연관되는 걸 꺼렸다. 그저 진드기 같은 어머니의 민원 한 번 들어주고 빨리 매듭 되기를 바라는 눈치였다.

"가자!"

문수와 덕규를 데리고 교실로 향했다.

드륵!

미닫이문이 밀렸다. 책상과 의자가 눈에 들어왔다. 학교다. 반갑지 않았다. 학교는 좋은 곳인데 어째서 늘 이런 기분일까?

'노땅들은 자기가 다니던 학교에 가면 푸근하고 좋다던데……'

아직은 노땅이 아니라는 증거.

괜한 위로를 얻으며 고개를 돌렸다. 여자 담임은 칠판 쪽에 서 있었다. 늘씬한 몸매에 눈망울까지 선량했다. 얼굴은 그리 미인이 아니지만 몸매는 글래머에 속했다. 그 앞 의자에 세 학생이 앉아 있었다. 그리고 경찰이 보였다. 학교 전담 경찰관이었다.

"이강토 씨?"

경사 계급을 단 그는 아주 차분해 보였다.

"예."

"이 학교 담당 경찰 임문기 경사입니다."

"예."

"어머니와 교감 선생님께 대충 듣기는 했는데… 이렇게 진행하면 되겠습니까?"

"예."

"야야, 똑바로들 앉아!"

강토가 대답하자 경찰관은 수군거리는 학생들에게 주의를 주었다.

"그럼 시작하시죠. 선생님도 바쁘고 애들도 학원에 가야 한답니다."

"예……."

강토는 선 채로 학생들과 담임을 돌아보았다.

"선생님도 여기 앉아주세요."

강토가 말하자 담임은 여학생 옆에 자리를 잡았다. 네 사람⋯⋯. 강토는 타깃과 다른 사람의 눈을 감도록 요청했다. 즉 맨 끝의 남학생을 조사하면서 여학생의 눈을 감기는 식이었다.

남학생⋯⋯.

〈이승라!〉

남학생의 기억 속에서 승라는 2년을 묵었다. 그러니까 1학년 때부터 같은 반이었다. 이 학생은 처음부터 승라를 좋아했다. 하지만 짝사랑이었다. 그러다 2학년 때 또 같은 반이 되었다. 학생은 승라가 다니는 학원에 등록을 했다. 마음에 들려고 정성을 다했다. 일기예보를 챙겨 우산을 두 개 가져가 나눠주기도 했고 일부러 문제를 질문하며 환심을 사기도 했다.

친해졌다.

서로 좋은 대학에 가자고 약속도 했다. 그런데 승라의 남자 친구는 이 학생 혼자가 아니었다. 남자 친구는 다른 남학생 친구들이 있다는 게 싫었다. 그걸 말하다가 절교를 당했다. 몇 번을 만나 싸웠다. 승라가 마음을 굽히지 않자 사정도 해봤다. 그래도 승라의 마음은 변하지 않았다. 한 번은 너무 화가 나서 승라 얼굴에 문제집을 던졌다. 그 문제로 승라의 눈 밖에 났다. 그 이유로 경찰 조사도 1번 타자로 받았다.

승라의 죽음.

자신이 의심받는다는 사실보다 승라의 죽음이 더 마음 아픈 학생. 그는 지금 수면제를 사 모으고 있었다.

'젠장!'

정말 젠장이었다. 조금이라도 더 의심의 화살을 받는다면 이 학생이야말로 자살을 할 소지가 있었다.

여학생 둘도 문제가 없었다. 승라를 싫어하고 미워하는 건 맞았다.

'아, 그 재수 없는 년⋯⋯.'

장기 기억에서 나온 둘의 생각은 그랬다. 하지만 승라의 죽음에는 진심으로 후회를 했다. 그저 철없는 치기로 시기하고 질투했던 것이지 죽일 생각은, 죽음을 바라는 마음은 둘에게 없었다.

마지막으로 담임이 남았다.

그 전에 강토는 남학생부터 정리했다.

"강한올?"

"예? 예⋯⋯."

"넌 좀 반성해야 해!"

"이 아이예요?"

팽팽하게 긴장하던 어머니, 강토의 지목이 있자 기다렸다는 듯이 반응을 했다.

"아닙니다. 그게 아니고요⋯⋯."

어머니를 진정시킨 강토가 남학생의 가방을 열었다. 그리고, 수면제가 든 작은 약봉투를 열어 주르륵 바닥에 떨어뜨려 버렸다.

"승라가 죽은 게 슬프면 좋은 데 가기를 빌어야지, 이런 생각하면 돼?"

"……!"

"승라도 너 원망하지 않을 거야. 그러니까 승라한테 약속한 대로 공부 열심히 해서 좋은 대학에 진학해."

"선생님……."

"너희 셋 다 나가도 좋아."

강토는 세 학생을 내보냈다. 학원에 늦으면 안 되기 때문이다. 요즘 아이들, 학교는 늦어도 학원은 제시간(?)에 가야 한다.

"선생님도 금방 끝내 드리겠습니다."

강토가 한 발 다가섰다. 치마를 움켜쥔 선생의 손이 파르르 떨리는 게 보였다.

'시크릿 메즈!'

강토는 그녀의 선량한 눈망울 속으로 매직 뉴런을 출격시켰다.

〈이승라〉

매직 뉴런들은 관련 기억을 향해 가지를 뻗기 시작했다.

〈비밀〉

하나의 선택어를 더 올렸다. 승라 어머니의 말 때문이었다. 담임이 뭔가 아는 것 같은데 입을 열지 않는다는…….

'섉!'

비밀의 기억이 딸깍, 열리는 순간 강토의 입에서 거친 발음이 튀어나왔다. 강토는 갈비뼈에 걸린 숨을 참으며 문수를 돌아보았다. 그의 예측이 맞아떨어진 것이다.

여자 담임!

그래서 성추행이나 성폭행 같은 건 염두에 두지 않은 강토. 그건 경찰도 마찬가지였다. 그녀의 조사를 맡은 형사와 학교전담 경찰관 임 경사. 그들이 집중적으로 확인한 건 편애나 야단, 인격 무시 등의 항목이었다. 하지만⋯⋯.

'푸힐!'

한 번 더 한숨을 몰아쉰 강토가 기억의 영상 속으로 들어갔다.

진로상담실이었다. 승라와 담임 단둘이었다.

"선생님, 공부가 너무 힘들어요."

"어디 보자. 내가 피로 좀 풀어줄까?"

상담실에서 일어난 일이었다. 승라의 의자 뒤로 다가선 담임이 어깨를 주무르기 시작했다.

"시원하니?"

담임이 물었다.

"예, 그런데⋯⋯."

그만하세요. 승라는 안마를 부담스러워하는 눈치였다.

"가만히 있어봐. 너 가슴 예쁘네?"

담임의 손이 승라의 가슴 위로 올라갔다.

"선생님!"

"가만히 있어보라니까."

담임의 손이 단추를 열었다. 속내의가 드러나자 그걸 젖혔다. 승라의 브래지어가 뽀얗게 드러났다. 그 속으로 담임의 손이 불쑥 침범했다.

"기집애, 야들거리는 것 좀 봐. 남자들이 좋아하겠네?"

"선생님……."

"알았어. 누가 잡아먹니? 니가 예뻐서 긴장 풀어주는 거잖아?"

승라가 울상을 짓자 담임을 손을 빼고 물러섰다.

그게 시험 보기 보름 전이었다. 그 후로도 담임은 두 번 더 승라를 건드렸다. 세 번째는 치마 뒤를 걷어 올린 후 손을 넣어 엉덩이의 맨살을 쓰다듬기도 했다.

"저 싫어요!"

참았던 승라의 짜증이 폭발했다. 담임은 승라를 무마하기에 바빴다. 그때 한 말도 처음과 비슷했다.

"니가 예뻐서 그래. 기집애……."

레즈비언!

담임은 레즈비언이었다. 승라뿐만 아니라 다른 여학생도 건드리고 있었다. 2반의 여신으로 불리는 여학생도 단골 대상이었다.

'미치겠군.'

마음을 달랜 강토, 사건 당일의 기억을 뒤졌다. 그리고 이내 허탈해졌다. 담임은 범인이 아니었다. 그녀는 그날 승라와 특별한 일이 없었다. 왜냐면 그날은, 2반의 여신을 건드렸기 때문이었다. 담임은 그 여학생을 상담실로 불러놓고 가슴을 주물러 댔다.

"슴가가 예쁘네. 선생님이 만지면 더 예뻐질 거야."

그러던 중에 승라의 투신 소식을 들었다. 복도를 달리는 모습도 보였다. 그러니 그녀가 원거리의 물체를 조종할 수 있는 초능력자가 아니라면 범인이 될 수 없었다.

'기왕 이렇게 된 거……'

강토는 매직 뉴런을 다그쳐 그녀의 비밀을 죄다 열었다. 꿩 대신 닭이라고, 성추행 피해자들이라도 구제하려는 생각이었다.

'봐야겠어. 당신의 비밀……'

전부 다!

그 의지를 받은 매직 뉴런들이 비밀의 서랍을 열어젖혔다. 그리고, 강토는 거기서 경악할 비밀을 엿보게 되었다.

남자가 보였다.

경찰이었다.

지금 이 자리에 있는 학교 전담 경찰관이었다. 장소는 학교가 아니라 술집이었다.

       *   *   *

"선생님, 이상한 소문 도는 거 아시죠?"

경사의 목소리에는 느끼함이 숨어 있었다. 담임은 고개를 든 채 숨도 쉬지 못했다.

"우리 학교 여선생님이 여학생들을 성추행하고 있다던데……"

"……."

"아마 2학년 담임이라죠?"

"……."

"그 선생님 내가 입만 벙긋하면 개망신당하고 사표 내야 할 거예요. 아니, 어쩌면 구속될지도 모르죠."

"……."

"나 어쩌면 좋죠? 경찰 된 처지에 모른 척할 수도 없고."

경사의 입가에 징그러운 미소가 스쳐 갔다. 담임은 끝내 들고 있던 술잔을 떨구고 말았다. 쏟아진 술을 닦을 생각도 없이 경사가 말을 이었다.

"뭐 인정상 못 본 척할 수도 있기는 한데……."

그날 밤, 경사는 담임과 모텔에서 잤다. 그리고 그때 알아냈다. 경사가 본 2반의 여신만이 아니라 다른 여학생들도 건드리고 있다는 사실을. 그중에는 승라의 이름도 끼어 있었다.

"경사님!"

강토, 매직 뉴런을 세워놓고 학교 전담 경찰을 돌아보았다.

"예?"

"이 선생님 조사는 경사님이 맡았다고 했죠?"

"예, 본 서의 형사와 함께……."

"그때 아무것도 나오지 않았나요?"

"뭐 말이죠?"

경사가 강토 쪽으로 다가왔다.

"예를 들면 이 선생님의 개인적인 비리나 추문 같은 것!"

"추문요?"

"예!"

"아, 그런 거 없습니다. 우리 담임선생님도 승라 사건 때문에 마음 많이 상하신 분이거든요. 인권침해 소지가 있는 말씀은 삼가주시기 바랍니다."

경사는 은근한 경고를 날려왔다.

"각별한 사이시니 두둔을 하시는군요?"

강토가 웃었다.

"뭐라고요?"

"둘이 붙어먹은 사이 아닙니까?"

슬슬 묵직해지는 강토의 목소리.

"뭐요? 이 사람이 지금 듣자 듣자 하니까 어디서 감히?"

"감히라고 했습니까?"

"그래. 당신이 무슨 독심술을 한다는 말은 들었지만 그게 무슨 수사권이라도 되는 줄 알아? 지금 현직 경찰 앞에서 어디서 수작이야?"

퍼억!

거기서 강토의 발이 올라갔다. 경사의 복부를 내질러 버린 것이다. 이미 강토는 경찰의 뇌를 열어본 후였다. 감히 현직 경사님(?)이라지만 더는 참을 수가 없었다.

"이 새끼가!"

한 바퀴 나뒹군 경사가 강토를 덮쳐왔다. 하지만 그는 강토에게 닿지 못했다. 그 옆에 있는 덕규는 허수아비가 아니기 때문이었다. 덕규의 주먹이 옆구리를 찍었다.

와당탕!

경사는 책상 위로 나가떨어졌다.

"어쭈? 이것들 이제 보니 조폭이야, 뭐야? 니들 다 죽었다고 복창해라!"

벽을 짚고 일어선 경사가 핸드폰을 꺼내 들었다. 덕규가 강토를 돌아보았다. 지시를 기다리는 것이다.

"저놈이 범인이야. 이 여자 저 여자 건드리다 보니 잠깐 잊어버렸나 본데 기억 좀 상기시켜 줘라."

강토가 경사를 향해 위엄을 뿜었다. 나중에 문제가 되더라도 좋았다.

"헤이!"

경사에게 다가선 덕규가 손가락을 까닥거렸다. 독이 오른 경사가 덕규를 덮쳤다. 그 주먹을 잡아챈 덕규, 팔을 비틀어 제압을 했다. 그런 다음 앞으로 몸을 당겨 복부에 주먹을 꽂았다. 단 한 방. 그러나 명치에 제대로 꽂힌 고통은 말로 형언하기 어려울 정도였다.

"흐억!"

경사가 고통에 겨워 주저앉았다.

"이건 일단 선생님 대신입니다.

강토가 다가가 경사의 낭심에 선물을 안겼다.

"끄으……."

경사는 거품을 물고 무너졌다.

"경찰이 범인이라고요?"

어머니가 물었다.

"예!"

강토는 짧은 대답과 함께 문수를 돌아보았다.

"반 검사님께 연락 좀 해줘. 경찰에 데려가면 제 식구라고 사건 은폐하거나 축소할지도 모르니."

"예!"

"임 경사!"

지시를 끝낸 강토가 임 경사를 노려보았다.

"벌레만도 못한 놈. 학생들 보호하라고 보내놨더니 선생님부터 여학생들까지 차례로 건드려?"

"그럼 저놈이 우리 승라를요?"

어머니의 목소리가 속절없이 떨었다.

"범하지는 않았습니다. 방 실장, 어머니 좀 잠깐 밖으로 모셔."

강토가 지시했다. 정리에 방해가 될 것 같았기 때문이었다. 문수는 주저하는 어머니를 데리고 복도로 나갔다. 강토의 말이 다시 이어졌다.

"당신, 담임에게서 빼낸 정보로 여학생들을 협박했지. 담임과 똑같은 수법으로 말이야. 저 여선생이 레즈비언이라는 거 안다. 내 말을 듣지 않으면 전부 다 공개하겠다고……."

"……."

"예림이라는 여학생은 네 수작에 당했는데 승라는 너를 피해 다니며 고민을 했어. 그래서 성적이 떨어진 거지."

"······."

"사건 당일 날, 당신은 승라를 4층 상담실로 불렀어. 당신은 거기서 승라를 협박했지. 오늘 학교가 끝나고 난 후에 지정한 장소에 나오지 않으면 그냥 두지 않겠다고."

"······."

"승라는 수업 내내 고민했어. 그리고 마침내 택한 게 자살이었지. 당신 같은 벌레에게 몸을 주느니 죽는 길을 택한 거야."

"아니… 아니야… 나는 아니야······."

"이 인간 핸드폰 뺏어."

강토가 덕규에게 지시했다.

"안 돼!"

경사가 저항하자 덕규의 발길이 날아갔다. 다시 옆구리였다. 핸드폰은 결국 강토 손에 들어오고 말았다.

"비밀번호!"

강토가 경사를 바라보았다. 경사는 완강하게 고개를 저었다. 하지만 그거야말로 강토에게는 의미가 없는 저항에 불과했다.

"0616, 당신 딸 생일이군."

"······?"

핸드폰을 열고 들어갔다. 감춘 사진 목록이 있었다. 담임의 사진이 있었다. 침대에서 전라로 찍은 사진이었다. 다른 여학생들의 사진도 몇 장 있었다. 어떤 아이와는 동영상까지······.

"이래도 아닌가?"

강토가 화면을 내밀었다. 그제야 경사의 얼굴이 흑빛으로 변했다.

"이 짐승… 너, 학생들까지 건드린 거야?"

담임이 경사를 향해 외쳤다.

"미친년… 먼저 애들 건드린 게 누군데?"

경사가 악을 썼다. 두 추악한 욕정의 주체가 주고받는 말은 정말 가관이었다. 담임선생, 그녀 또한 위대한 착각을 하고 있었다. 자기의 행동은 범죄가 아니라고 생각한 것이다. 참으로 어이가 없었다.

"대표님, 수사관님이 오셨습니다."

문수가 문을 두드리며 외쳤다. 마 수사관이 동료들과 함께 들어왔다. 유 수사관이 아니고 마 수사관. 유 수사관은 다른 수사가 있는 모양이었다. 강토는 경사의 핸드폰을 건네주었다.

"선생님!"

강토의 시선이 고개 떨군 담임에게 향했다.

"……"

"모르시나 본데 당신도 저 인간 못지않게 나빠요."

"……"

"제자들에게 성추행이라뇨?"

"나, 나는… 정말 애들이 예뻐서……."

"그 허튼 생각이 이런 비극을 불러왔는데도 그런 말이 나와요?"

"……"

"검찰에 가서 다 말하세요. 그렇지 않으면 내가 또 보러 갈 겁니다."

"······."

"부탁합니다!"

강토는 마 수사관에게 두 사람의 신병을 넘겼다. 그렇다고 끝은 아니었다. 이제 또 하나의 설명이 남아 있었다. 승라의 어머니를 향한 설명······.

'젠장!'

국민을 등치는 권력층들처럼 여기도 선량한 학생들의 발등을 찍는 믿는 도끼가 있었다. 학생들을 보호해야 할 선생님. 학교 폭력 등을 해결하기 위해 상주하는 학교 담당 경찰관··· 누구보다 성심껏 아이들을 돌보아야 했음에도 그 숭고한 소명을 망각한 인간들······.

"승라야!"

설명을 들은 어머니가 또 한 번 무너졌다. 어머니는 결국 119 구급대에 실려 갔다.

강토는 승라가 추락했다는 자리로 향했다. 한 여학생의 주검은 흔적만 남았을 뿐이었다. 학교라는 작은 단위에서 일어난 일. 그 내부를 장악한 기득권 세력들의 더러운 욕망에 희생된 승라.

—내부의 적.

—언제나 그게 가장 무섭다.

무겁게 돌아설 때 학생들의 야유 소리가 들렸다.

"우우!"

운동장이었다. 검찰 차량에 담임과 경사가 태워지기 전이었다. 담임이 경사를 비난하자 경사가 목청을 높였다. 완전 구제 불능의 인간들이었다.

'저 파렴치한들 행각에 걸맞는 맞춤형 저주를 먹여줘?'

피가 끓는 강토의 눈에 교장과 교감이 들어왔다., 언제 나왔는지 검찰 차량 옆에서 과정을 지켜보고 있었다. 둘은 나란히 혀를 찼다. 마치 자기들은 아무런 관련도 없는 것처럼. 그들은 원인 같은 것에는 관심도 없었고 그저 조용히 해결되기만을 바라는 눈치였다.

그 밥에 그 나물…….

갈등 끝에 6번 뇌를 떠올렸다. 그러면 저런 이중인격자들에게 어떤 행동을 취할까? 그건 아주 명백했다. 너무나 명백했기에 강토도 그 길을 갔다.

시크릿 메즈!

먼저 생각한 건 이해룡에게 선물한 대뇌 변연계 쓰다듬기였다. 이성을 잃은 섹스. 어쩌면 이해룡보다도 이 쓰레기들에게 잘 어울릴 것 같았다. 하지만 방향을 틀었다. 학생들의 눈 때문이었다. 강토까지 막장 드라마에 탑승할 수는 없는 일이었다.

강토가 겨눈 곳은 시상하부였다. 효과는 만점이었다. 담임의 시상하부 평형을 뭉개주자 바로 교감을 물어뜯은 것. 경사 역시 교장을 향해 거친 폭력을 행사하기 시작했다.

시상하부. 여기에 이상이 생기면 무데뽀가 된다. 교장, 교감이 아니라 스승과 부모라고 해도 폭력을 행사할 판이었다.

"이 파렴치한 놈이 누구를?"

교장의 곡소리가 터져 나왔다. 교감의 비명도 뒤를 이었다. 이제는 넷이 한데 어울려 난타전을 벌이는 군상들…….

'승라…….'

여학생을 생각하며 돌아섰다. 작으나마 그녀에게 위로가 되기를. 죽어 저 하늘에서는 저런 파렴치한들 없는 곳에서 꿈을 이루기를 빌면서.

"아우님!"

법원 휴게실 앞에서 반 검사가 손을 흔들었다. 강토는 잰걸음으로 반 검사에게 다가갔다.

"일찍 나왔네요?"

"주 검사가 떼를 써서 말이지."

반 검사가 웃었다.

"이해룡 의원 건은 형님이 맡았다면서요?"

"어쩌겠어? 다들 몸 사리는 판에……."

"그러다 정치 검사로 몰리는 거 아닌가 모르겠습니다."

"걱정 마. 나야 잘리면 변호사 뛰면 되니까."

"자신만만이시군요."

"나는 아우님이 더 걱정이야. 매사에 조심해. 앞으로는 더 심한 게 닥칠지도 몰라."

"심한 거라면?"

"권력자들 밑에는 빌붙어먹는 인간들이 많거든. 그런 자들 중에는 싸구려 영웅 심리로 가득 찬 인간들도 있고……."

"겁나는데요?"

"흘려듣지 말고 무슨 일 생기면 바로 연락해. 수사관들에게 따로 지시를 해두긴 했지만……."

"흐음, 그렇게 보자면 형님도 타깃이 될 텐데요."

"나는 제도권 안에 있잖아? 기껏해야 옷 벗기는 것밖에 없어."

"알겠습니다. 조심하죠."

강토가 고개를 끄덕거렸다. 반 검사의 말, 허튼 게 아니라는 걸 알고 있었다.

"국무위원 검증 건은 어땠어?"

"최선을 다해 솎아주었습니다."

"표정 보니 대실망이라고 쓰여 있는데?"

"조금 그렇긴 한데… 형님!"

강토가 반 검사를 바라보았다. 강토는 주변을 체크했다. 듣는 귀는 없었다.

"할 말 있어?"

"은재구 말입니다, 지난번에 단독 검증을 했는데… 대통령과의 연관성이 나왔습니다."

"대통령?"

"다른 사람들도 있긴 하지만… 혹시 뭐 들은 거 없습니까?"

"지분 나누기 말인가?"

"아시는군요?"

"나도 장 고문님에게 대충 주워들었어. 현 대통령께서 대권 후보가 될 때 세력이 약해 당내 파벌을 규합하면서 대가를 약속한 것 같다고……."

"그럼 대통령께서 은재구를 건드리지 못한다는 뜻이 될까요?"

"아우님 조변석개(朝變夕改)라는 말 알지?"

"그야……."

"정치라는 게 말이야, 시간 단위로 변한다고 하더군. 어제의 동지가 오늘의 적, 오늘의 적이 내일의 동지……."

"……."

"그 문제는 장 고문님께서 조율하실 테니까 우린 우리 일만 하자고."

반 검사가 강토의 어깨를 두드렸다. 그 손길 덕분에 마음이 조금 가벼워지는 강토였다.

"이거 끝나고 중국 들어간다고?"

"예… 일이 좀 있어서요."

"비즈니스?"

"그렇죠 뭐."

"우리 아우님, 이제 정말 국제적으로 노네. 보기 좋아."

"다 형님 덕분입니다."

"자, 들어가자고. 주 검사가 아우님을 봐야 마음이 놓일 거야."

반 검사가 복도를 가리켰다.

재판정에 들어섰다. 사람은 많지 않았다. 비공개 재판인 까닭이었다. 강토는 피고석에 앉은 이규리를 보았다. 강토가 최초로 만난 초능력자 이규리.

　그녀도 강토를 보았다. 뭉긋한 눈짓으로 그녀에게 인사를 건넸다. 그녀는 매정하게 강토를 외면했다.

제6장
기공선사 쑤찬

이규리는 초췌해 보였다. 둥글둥글 웅녀 같던 복스러움은 간곳없고 양 볼이 푹 꺼졌다. 그렇다고 안심할 수는 없었다. 강토는 확인을 위해 그녀의 뇌 속으로 매직 뉴런을 출격시켰다.

뇌 속의 분위기는 크게 변하지 않았다. 그러다 문득 그녀의 최면술 출처가 궁금해졌다. 그녀에게 스승이 있을까? 있다면 누구일까?

〈최면술 스승〉

매직 뉴런의 꼬리에 명령어를 탑재시켰다. 뉴런들은 빛의 속도로 가지를 뻗어나갔다. 그들의 목적지는 대뇌피질이었다.

"……!"

오랜 기억 속에서 그녀의 수련 시절을 끌어낸 강토. 거기 출연한 스승의 모습에 소스라치고 말았다.

'젠장!'

강토의 미간이 멋대로 일그러졌다. 잠시 매직 뉴런을 중지시키고 다른 사람의 기억을 더듬어 나갔다. 은재구의 기억이었다. 그가 만난 선사였다. 강토는 이규리의 스승과 선사의 얼굴을 매칭시켰다.

"……!"

가슴이 격하게 출렁거렸다. 두 사람이 같았다. 은재구가 만난 사람이 이규리의 스승이었던 것이다. 의심할 나위가 없었다. 시안의 화산. 그 입구에 자리 잡은 황금빛 지붕의 절이 같았다.

〈쭈찬!〉

이름도 같았다.

'뭐야?'

강토는 다시 이규리의 기억 속으로 들어갔다. 기억의 상자를 하나씩 열어젖혔다. 그녀의 수련 시절이 이어졌다. 선사의 방 안에는 암석 같은 게 많았다. 그는 그걸로 부적을 쓰기도 했고 호신상을 만들기도 했다. 더 놀라운 건 그의 기행이었다.

밤이 왔다. 그가 잠이 들었다. 그런데… 누운 자세가 아니었다. 그는 가부좌로 허공에 뜬 채 잠을 청했다. 말로만 듣던 공중 부양이었다.

"……"

강토는 멋대로 거칠어진 숨을 골랐다.

―이규리의 스승!

―은재구의 선사!

―두 사람은 동일 인물!

'그렇다면 혹시?'

이규리 뇌 속의 매직 뉴런들에게 〈은재구〉라는 단어를 더해 주었다. 불행인지 다행인지 이규리는 은재구를 몰랐다. 기묘한 인연은 단지 그녀의 스승하고만 연결되는 것 같았다.

"재판을 개정하겠습니다!"

골똘하는 사이에 법정이 개정되었다. 판사 셋이 자리에 앉았다. 주 검사와 변호인도 자리를 잡았다. 강토와 반 검사 등은 검사 측 참고인으로 착석했다. 오늘의 쟁점은 최면술로 건강한 남자를 홀리고 목숨까지 빼앗을 수 있는가 하는 것. 그러자면 이규리의 최면술 능력을 먼저 확인해야 했다.

"피고, 앞으로 나와 주십시오!"

주 검사가 이규리를 바라보았다. 실험 대상으로는 법정 경위 두 사람이 나왔다.

"이의 있습니다!"

주 검사가 나섰다. 피실험자는 판사와 변호인으로 바뀌었다. 판사와 변호사가 체험하는 게 가장 효과적일 거라는 주 검사의 의견이 받아들여진 것. 그건 강토의 조언이었다.

이규리!

실험을 자처한 판사와 변호사 앞에 섰다. 그녀는 다시 강토를 돌아보았다. 강토는 이미 그녀의 뇌 속을 확실하게 장악하고 있었다. 뭔가 허튼짓을 하면 바로 응징에 들어갈 생각이었다.

생각보다 담담하게 숨을 내쉰 그녀, 최면을 쓰지 않고 버텼다. 시간이 흘러갔다.

"피고!"

재판장이 이규리를 호명했다. 그래도 그녀는 움직이지 않았다. 강토는 시계를 보았다. 공항으로 갈 시간이 임박해지고 있었다.

"최면술 시연하세요!"

주 검사가 이규리를 다그쳤다. 그래도 이규리는 묵묵무답. 그러는 사이에도 시간은 흘렀다. 이제는 정말 더 지켜볼 상황이 아니었다.

'후웁!'

강토는 살며시 아세틸콜린을 높여주었다. 이규리의 심박동이 조금씩 빨라지는 게 보였다. 그녀의 시선이 강토에게 향했다. 경고라는 걸 모를 그녀가 아니었다.

뒤를 이어 글루타메이트의 농도도 높였다. 그녀의 머리카락이 쭈뼛 솟구치는 게 보였다. 느닷없는 공포를 안겨준 것이다. 강토는 찡긋 윙크로 자신의 존재를 각인시켰다.

―버텨봤자 당신만 손해야.

그런 의미였다.

입술을 깨문 이규리. 결국 두 손을 들어 올렸다. 그런 다음

모두가 기다리던 최면술을 구사하기 시작했다. 재판정의 모든 시선은, 이제 판사와 변호사에게 쏠려 있었다.

"……!"

먼저 반응한 건 젊은 판사였다. 그는 상기된 얼굴로 의자를 박차고 일어섰다. 흥분된 모습과 불안한 시선. 그 시선 앞으로 주 검사가 나섰다.

좌르륵!

주 검사가 펼친 건 포스터였다. 실물 크기의 포스터. 엉덩이가 섹시해 장안의 화제가 되고 있는 섹시 연예인 사진이 거기 있었다. 포스터는 물론, 재판정의 허락을 받은 물건이었다.

판사는 떨리는 손을 내밀었다. 포스터를 낚아챘다. 하지만 자기 품에 들어오지 않았다. 경쟁자가 있었다. 어느새 다가온 변호사였다. 그 또한 포스터의 한쪽 면을 붙잡고 탐닉할 자세를 취했다. 둘은 어느새 품격 높은 법조인의 모습이 아니었다.

"그만하세요!"

주 검사가 이규리에게 말했다. 이규리는 그 말을 듣지 못했다. 몰입한 까닭이었다.

"그만하라고요!"

주 검사가 다가가 이규리의 어깨를 밀었다. 그제야 이규리는 둘에게 겨누었던 최면술을 거둬들였다.

"으헉!"

판사와 변호사는 누가 먼저랄 것도 없이 목을 잡고 움츠렸다. 이규리는 제자리로 돌아갔다.

"어떻습니까?"

주 검사가 두 실험 대상자에게 물었다.

"공판 조서의 내용이 충분히 가능할 것 같습니다."

판사와 변호사가 동시에 말했다. 최면술을 이용한 탐닉과 살인. 그 가능성에 대한 재연은 그렇게 끝이 났다.

강토는 법정 밖으로 나왔다. 잠시 후에 이규리가 나왔다. 바쁜 걸음을 세웠다. 그녀에게 할 말이 있었다.

"……!"

이규리의 입은 꾹 다물어진 채 열리지 않았다.

"쑤찬!"

강토가 먼저 입을 열었다. 이규리의 눈이 벼락처럼 뒤틀렸다.

"당신의 스승이지."

"당신이 그걸 어떻게?"

이규리의 입이 전격적으로 열렸다.

"이거 본 적 있나?"

강토의 손에는 지구 방사선파 물질 조각이 들려 있었다.

"……!"

이규리의 눈이 출렁이는 게 보였다. 안다는 뜻이었다.

"이게 말하자면 일종의 부적 같은 거야. 그렇지?"

"……."

"혹시 이 물건의 효력을 없애는 방법을 알아?"

강토가 묻자, 이규리가 고개를 저었다.

"내일 어쩌면 당신 스승을 만나게 될 거야."

"스승님을 왜?"

"그냥 인사드리러 거는 거니까 걱정 안 해도 돼. 이 물건에 대한 도움을 좀 받으려고……."

"……."

"오늘 수고했어."

강토가 돌아섰다. 그녀는 조각의 실체를 모르고 있었다. 그렇다면 오래 말을 섞을 필요가 없었다.

"잠깐만요!"

강토의 걸음을 그녀의 목소리가 잡았다. 강토가 돌아보았다.

"쑤찬에게 이런 내 모습은 말하지 말아요."

그녀의 목소리가 떨렸다. 스승에게는 비밀. 왜 아닐까? 망가지고 타락한 모습을 보이고 싶은 사람은 아무도 없었다.

"그러지."

"내일 가면… 보름 후가 그분 생일이에요."

"……?"

"가능하면 한국 홍삼을 선물로 가져다주세요. 그분이 좋아해요."

"당신 이름으로?"

"……."

"그렇게 하지."

"다시 말하지만 내가 한국 감옥에 있다는 말은……."

"걱정 마. 그냥 당신 친구라고만 할게. 한국에서 잠깐 만났었다고."

"……"

"됐나?"

"고마워요."

그녀의 목소리가 칼칼해지는 게 느껴졌다. 빌어먹을. 이제
와서 후회한단 말인가? 그러게 왜 좋은 재주를 엉뚱한 데 남발
했을까? 스승이 좋아하는 거라면 제 손으로 한 보따리 사들고
달려가면 좋았을 것.

법원을 나왔다. 먼저 나온 반 검사와 주 검사가 보였다.

"와줘서 고맙습니다. 처음엔 버티던 이규리가 이 대표님 눈
빛 보더니 바로 깨갱하더군요. 이 대표님 아니었으면 골 좀 썩
을 뻔했습니다."

주 검사가 웃었다.

"입으로 때우려고?"

옆에 있던 반 검사가 눈치를 주었다.

"그럼 식사하러 가시죠. 이 근처에 끝내주는 초밥집 있습니
다."

"미안하지만 우리 이 대표는 바로 출국하셔야 할 몸이라네."

"외국 나가십니까?"

주 검사가 물었다.

"예, 죄송하지만 재판이 생각보다 늦게 끝나서 그만 가봐야
겠습니다."

"그럼 제가 모셔다드리죠. 검찰에 협조하느라 생긴 일인데

그 정도는 제가 책임져야죠.”

"됐거든. 그건 내가 할 테니까 주 검사는 다음에 거하게 쏘라고.”

공항까지 가는 길은 반 검사가 맡았다. 강토 차는 유 수사관이 공항 터미널에 가져다 두기로 했다. 경광등을 차머리에 꽂은 반 검사가 핸들을 힘차게 돌렸다.

띠뽀띠뽀!

반 검사의 차량이 돌진하기 시작했다. 운전석에 앉은 건 덕규였다. 원래도 카레이서를 방불케 하는 덕규. 경광등 달린 진짜 검사 차량에 올라앉자 거칠 것이 없었다.

덕규…….

물 만났다.

시안!

인천에서 3시간 가까이 걸렸다. 비행기를 탄 건 온전히 반 검사 덕분이었다. 덕규가 열심히 밟아댔지만 티켓 데스크가 닫혀 버린 것. 반 검사는 공항 관계자를 불러 강토의 출국을 도왔다. 덕분에 비행기에 올랐을 때는 온몸이 젖은 후였다.

좌석은 착하게도 프리스티지석이었다. 강토만 그랬다. 문수와 덕규는 이코노미였다. 그게 미안해 일반석으로 가보았다. 덕규와 문수는 사이좋게 어깨를 기대고 자고 있었다. 피식 웃으며 지나쳤다. 피곤할 때는 잠이 최고다. 암!

식사가 나오자 문수가 다가왔다. 강토는 손을 내밀었다. 보나 마나 업무 서류 주려는 게 아니겠는가? 문수는 그 기대를 저버리지 않았다. 강토가 전해준 말을 토대로 찾아낸 시안의 정보와 기타 등등이었다.

"……!"

그걸 보면서 또 한 번 자지러지는 강토. 강토가 말한 노란 기와의 절이 거기 고대로 박혀 있었다. 장소는 후아산의 계곡으로 이어지는 입구. 하나의 화강암 위에 올라앉은 소박한 모습이었다.

"쩝!"

그 빈틈없음에 입맛이 다운되었지만 억지로 밥을 밀어 넣었다. 맥주도 한 캔 마셨다. 잠은 보약이지만 밥도 보약이다. 게다가 하늘 위에서 먹는 밥, 날이면 날마다 먹는 게 아니었다.

기타 등등의 자료를 펼쳤다. 캔 맥주의 알코올이 싹 가시는 자료였다. 뇌파와 관련된 게 특히 그랬다. 사람이 나왔다. 전압을 마음대로 조절하는 사람이었다. 전선을 잡고 전압을 높이면 전등에 불을 켜는 건 물론이고 사람을 감전사시킬 수도 있다는 내용이었다.

다음은 '오바타이트'라는 광석이었다. 이게 바로 이집트 피라미드에 안치된 파라오의 방에 사용된 물질. 피라미드가 어떤 작용을 하는 지는 설명이 필요 없을 정도로 유명하다. 일부에서는 이 광석을 우주 에너지로 불렀다.

이 광석으로 만든 아데아데라는 상품도 보였다. 광석을 잘게 부숴 융단 등에 넣고 허리에 두르거나 무릎 등에 올리는 것

으로 끝이다. 그렇게 하면 우주 에너지가 몸으로 유입된다고
한다.

자세한 자료를 읽으니 은재구의 지구 방사선파 물질이 더욱
이해가 되었다. 같은 물질인지 아닌지는 모르지만 충분히 가능
한 일인 것이다. 거기에 초능력 기공사의 기공이 더해진다면 더
욱더……

나머지 자료도 빠짐없이 훑어보았다. 전 세계 기인들의 공중
부양도 눈길을 끌었다.

기분이 오싹해졌다.

과학이 만능을 이룬 시대지만 과학 저편의 신비는 아직도
무궁무진한 모양이었다. 하긴, 6번 뇌가 그랬다. 현재의 강토도
마찬가지다. 강토는 마음을 단단히 다잡았다.

"으아, 여기가 짱깨 땅이구나!"

공항을 나오자 덕규가 활개를 치며 외쳤다.

"중국 말로 해야지."

그 뒤의 문수가 근엄하게 끼어들자 덕규는 사색이 되었다.
문수, 이번에는 덕규에게 중국 말 특명을 내린 모양이었다.

"아, 그게… 좌석이 워낙 구려서 뒤척이다가 다 잊어버리는
바람에……"

덕규가 버벅거렸다. 그래서 귀여운 맛이 있는 덕규……

바로 후아산으로 향했다. 한국에는 할 일이 널린 상황. 한시
라도 빨리 마치고 가는 게 상책이었다. 도중에 내려 용변을 볼
때 덕규가 대나무 잎으로 말아낸 밥을 사 왔다.

"남의 나라 왔으면 이런 거 정도는 먹어줘야 개념 있는 코리안이죠."

"한궈런!"

문수가 강조하자 덕규는 재빨리 외면을 했다. 그러고는 바로 먹방 연출에 돌입한다. 하지만 한 입도 못 먹고 토해내는 덕규였다.

"에퉤퉤!"

"왜? 돌 씹었냐?"

강토가 물었다.

"아니, 이거 맛이 왜 이래? 이상야리꾸리삼빡빡한 맛이 나잖아?"

덕규는 대나무밥을 던져 버렸다. 그건 일종의 비빔밥이었다. 그 안에 저 유명한 상차이가 듬뿍 들어 있었다. 중국 음식에서 가장 난도가 높다고 정평이 난 향채……

가는 내내 덕규는 코를 틀어막았다. 손에도 장갑을 꼈다. 손에서도 그 야리꾸리 어쩌구 냄새가 난다나 어쩐다나?

〈기험천하제일산〉

차가 목적지에 닿았다. 하늘 아래 가장 가파른 산이라는 안내 문구가 보였다. 산이 어찌나 험한지 중국의 황제들조차 이 산만은 오르지 못하고 입구에 사찰을 짓고서 제를 올렸다는 곳.

계곡으로 접어들자 인공의 기운이라고는 하나도 없는 절이 나왔다. 지붕은 세월이 깃든 은은한 황금색. 강토가 찾는 그

사찰이었다.

*　　　　　*　　　　　*

응천사(應天寺)!

절 이름이 그랬다. 하늘에 응답한다는 뜻이었다. 비교적 쉽게 찾아온 목적지. 비행기가 새삼 고마운 강토였다. 비행기가 당겨준 시간, 만약 옛날처럼 말을 타거나 걸어서 왔다면 몇 달이 걸렸을 일인가?

하지만, 모든 게 다 순탄한 건 아니었다.

"선사님은 지금 30일 수행에 들어가셨습니다만!"

주지 스님의 말을 통역으로 전해 들은 강토는 패닉에 빠지고 말았다.

"30일이면 한 달?"

강토가 문수에게 되물었다.

"그렇다는군요."

"그럼 언제 돌아오신다는 거야?"

강토의 질문을 문수가 전했다.

"엊그제 올라가셨으니 스무여드레가 남았다네요."

다시 돌아온 통역 역시 하나도 위로가 되지 않았다. 하루 이틀이라면 기다릴 수도 있었다. 하지만 28일이라면 한국으로 갔다가 와야 할 판이었다.

푸훨!

그야말로 난감할 뿐이었다. 별수 없이 초면에 매직 뉴런의 힘을 빌렸다. 혹시라도 스님이 은재구를 알까 싶었던 것. 기억에서 은재구가 나오지 않았다.

"아, 실장님이 어떻게 말 좀 해봐요. 잠깐 내려왔다 올라가면 안 된대요? 아니면 우리가 찾아가거나."

덕규가 조바심을 냈다.

"거길 갈 수 있는 사람은 쑤찬 선사님뿐이시래."

"말도 안 돼. 그럼 저런 절벽 가운데라도 올라가 있다는 거예요?"

덕규가 깎아지른 암석을 가리켰다. 그냥 보아도 수백 미터 높이는 되어 보이는 암석. 그것도 거의 수직의 절벽이었다. 그런데……

"응!"

문수가 고개를 끄덕거렸다.

"예? 지금 장난해요?"

놀란 덕규가 울상을 지었다.

"장난이면 좋겠는데 주지 스님 표정이 장난이 아닌 것 같잖아?"

"개구라, 새가 아니고서야 저길 어떻게 올라가요?"

"쑤찬은 올라간다네."

"크헐!"

덕규는 손발을 다 들고 말았다.

"어쩌죠?"

문수가 강토를 바라보았다.

"내려오게 할 수 있는 방법은 없대?"

"선사와 주지 스님은 오랜 친구라는데 수행을 방해하는 건 예가 아니라는군요. 게다가 핸드폰도 가져가지 않아 전화할 수도 없고."

"아, 그래도 우린 멀고 먼 한국에서 왔잖아요?"

덕규가 끼어들었다.

"미안하지만 저쪽 중국 끝에서 오는 사람은 우리보다 더 먼 길이거든."

문수가 그 입을 막았다.

"그럼 내가 한국의 기공술사라고 전해봐. 쑤찬이 중국 최고의 선사라고 해서 도력을 겨뤄볼까 한다고."

"도력요?"

"능력자는 능력자를 알아보는 법이거든. 분명 연락하는 방법이 있긴 할 거야."

"알겠습니다."

문수가 강토의 뜻을 주지 스님에게 전했다. 그 말은 먹혔다. 주지 스님의 눈빛이 반짝거린 것이다.

"당신이 한국의 기공술사라고요?"

주지 스님이 강토를 바라보았다.

"스!"

강토가 중국어로 대답했다.

셰셰나 웨이, 닌 하오, 하오츠, 뿌쯔따오 등의 간단한 단어는

익힌 강토였다. 물론 '밥 먹었어요'를 뜻하는 니 츠르판 러 마도 알고 있었다. 한국에서는 니 쓰팔노마로 알려진…….

"부탁합니다!"

강토는 공손하게 합장을 했다. 그러자 스님의 입이 다시 열렸다.

"그렇다면 솜씨를 보여줄 수 있으시오?"

'솜씨?'

문수의 통역을 들은 강토가 미간을 좁혔다. 오나가나 증명이 필요한 사회였다.

"뭘 원하냐고 물어봐."

강토는 문수에게 질문을 맡겼다.

"스님이 공중 부양을 할 줄 안다고 자기랑 겨루자는군요. 자기보다 높이 뜨면 쑤찬을 불러주겠다고."

"……!"

강토의 안면 근육이 확 올라왔다. 공중 부양을 하자고?

"자신 없으면 포기하고 다음에 오라고 하십니다."

문수의 통역이 끝나기도 전에 스님이 돌아섰다. 단숨에 중국까지 달려온 강토. 쑤찬을 눈앞에 두고 헛걸음을 해야 할 판이었다.

'그럴 수는 없지.'

강토, 불끈 마음을 다잡고 스님의 뒤통수에 대고 외쳤다.

"그럼 한판 붙읍시다!"

한국말을 모르는 주지 스님. 그러나 그 뉘앙스는 알아들은

모양이었다. 그는 조용히 웃으며 빈방을 가리켰다. 한판 붙을
장소였다.

"여기가 바로 쑤찬 선사의 거처라오."

방으로 들어선 스님이 말했다. 방 안에는 승복 한 벌과 작은
찻상, 그리고 온갖 암석 조각들이 보였다. 이규리의 기억에서
보았던 그 장면과 비슷했다.

'그리고 문수의 오바타이트 광석하고도……'

오바타이트와 다른 건 색과 질감이었다. 하지만 원석 상태는
조금 다르게 보일 수도 있으니 장담할 수 없는 일이기도 했다.

완전히 다른 것은 공중 부양이었다. 몇 가지 물건들이 공중
에 떠 있었다. 일부 물질에서는 지구 방사선파가 느껴졌다.

물건의 공중 부양!

그 또한 문수의 자료에서 본 것들이었다. 인도의 수련자들이
었다. 그들은 혼자 떠 있었다. 혹은 동료의 도움으로 떠 있었
다. 지팡이 같은 것을 짚고 떴다. 그게 눈속임이라고 했다. 교
묘하게 각을 이룬 물체를 이용해 중심을 잡는다는 것.

물건의 공중 부양도 그랬다. 특별한 자석을 이용하면 가능
하다고 보았다. 예를 들면 가우스가 높은 네오디뮴 자석 같은
것. 부양을 원하는 물체가 이탈하지 않게 다른 극성으로 설치
하고 위에다 물체를 끌어당기도록 다른 극성을 설치하면 끝이
다.

다만 그 뜨는 높이는 그리 높지 않다. 하지만 선사의 상황은

달랐다. 물체의 위와 아래에 별다른 극성의 장치가 보이지 않은 것이다.

"방 실장!"

강토는 시선을 암석에 둔 채 문수를 불렀다.

"예!"

"그냥 뒤뜰 같은 데서 겨루자고 전해줘."

"이유는 뭐라고 할까요?"

"한국 사람은 주인이 없는 방을 침범하지 않는다고……."

"좋은 이유로군요."

문수가 주지 스님에게 강토의 뜻을 전달했다. 그 말을 들은 스님도 뭐라고 응수를 해왔다.

"대표님을 생각해서 여기로 정한 거라는데요?"

"나를 생각해서?"

"뒤뜰로 가면 다른 스님들이 구경을 할 것이니 웬만한 경지가 아니라면 집중에 방해가 될 거라며……."

"고맙지만 괜찮다고 해."

강토가 웃었다. 수행하는 사람다운 배려였다.

웅성웅성!

스님의 예상은 맞았다. 후원으로 나가자 다른 스님들이 몰려들었다. 절에 머무는 손님들도 몇 끼어들었다. 강토는 바른 자세로 스님과 마주 섰다. 푹신한 잔디가 밟히는 뒷마당이었다. 제법 큰 연못이 딸린 마당이었다.

기공술사!

대충 둘러댄 말이었다. 뇌파술사라는 말은 너무 어색하기 때문이었다. 동시에 중국 기공술이 유명한 이유도 있었다. 그 자료는 문수가 비행기 안에서 전해주었다.

〈기공사 겸 의사 엄신 대사〉

이름에 대사라는 타이틀이 붙었다. 그만큼 그의 능력은 상상을 초월하고 있었다. 그는 기공을 통해 자연의 에너지를 통제할 수 있는 인물이었다. 스승은 소림사의 해등 법사였다.

그가 독특한 건 기공에 더해 의사였기 때문이었다. 한의와 양의를 두루 섭렵한 그는 기공까지 더해 사람들을 고쳐주었다. 그 가운데는 중국 정부의 고위 간부들도 상당했다.

백미는 산불 진압이었다. 1980년대, 중국에 큰 산불이 발생했다. 산불이 한 달 가까이 지속되자 정부에서 그를 호출했다. 그는 현장으로 가서 기공의 위대함을 선보였다. 그가 기를 모으자 폭우가 내리기 시작했고 거대한 산불은 거짓말처럼 꺼졌다.

그의 기적은 서방 세계까지 알려졌다. 그러다 홀연 자취를 감추었다.

중국의 기공……

그걸 읽고 또 한 번 전율한 강토였다. 일부에서는 조작이라거나 우연이라는 말이 있었지만 강토는 엄신의 일화를 믿었다. 이규리 때문이었다. 유대인 염력자 때문이었다. 과학으로 증명이 되지 않는다고 해서 진실이 아닐 수는 없었다.

아무튼 떡밥은 통했다. 주지 스님이 그걸 물어버린 것. 그만

큼 중국인들에게 기공이나 투시, 차력 등의 반디지털적 정서가
많다는 방증이기도 했다.

그러나!

강토는 기공술의 '기' 자도 모르는 형편. 그럼에도 그리 우려
하는 기색은 아니었다. 강토에게는 복안이 있었다. '스님만큼'
공중 부양을 할 수 있다는 자신감. 그 자신감은 강토의 머릿속
에 단단하게 들어 있었다.

"기왕이면 여기가 좋겠지."

주지 스님이 연못가로 나갔다. 연못 가운데로 이어지는 나무
다리가 보였다. 연못 가운데로 걸어가면 두세 사람이 설 수 있
는 공간이었다.

"먼저 하시겠소?"

스님이 물었다.

"한국에서는 장유유서(長幼有序)입니다."

똥물에도 파도가 있다는 한국적 미덕으로 선공을 양보했다.
스님은 빙긋 웃더니 그 자리에 앉아 가부좌를 틀었다. 인도의
수련자들처럼 지팡이 같은 건 쓰지 않았다. 강토는 스님을 지
켜보았다.

연못 앞에 몰려든 사람은 열 명이 넘었다. 그 안에는 문수와
덕규도 있었다. 덕규는 안절부절이다. 강토가 공중 부양을 하
는 걸 본 적이 없는 덕규였다. 그래도 문수는 여유로웠다. 스님
의 상대는 강토이자 자신의 주군. 방도가 있지 않고서야 무모

할 리 없는 강토기 때문이었다.

고요했다.

연못 위를 날던 잠자리들이 비행을 멈췄다. 연못을 쓰다듬던 바람도 숨을 죽였다. 그렇기에 연못에는 작은 파문 하나 보이지 않았다.

기공술…….

기와 단전을 연결한 그의 몸은 낮은 파장으로 변했다. 우주의 기운에 닿는 것이다. 스님은 마침내 완전한 무아지경에 있었다. 그대로 훌쩍 떠올라 저 수직의 절벽으로 솟구친다고 해도 믿을 것 같은 분위기였다.

"후읍!"

스님의 입에서 짧은 기합이 나왔다.

둥실!

스님의 몸이 나무 바닥 위에서 떠올랐다.

원래는 그래야 했다. 강토는 그걸 알았다. 하지만, 스님은 뜨지 못했다. 두어 번을 더 해도 변하지 않았다. 스님은 결국, 이마에 땀이 가득한 채로 눈을 뜨고 말았다.

"……?"

당혹스러움이 엿보였다. 그 옆에는 강토, 앞에는 많은 시선들. 스님에게 익숙하지 않은 장면이었다. 스님은 다시 자세를 가다듬고 기를 모았다.

"후읍!"

제대로 되지 않았다. 기를 모을 때마다 머릿속이 엉클어지는 기분이었다. 나붓 떠올라야 할 몸이 자꾸만 무거워지는 것이다. 그러다가 어느 순간, 스님의 몸이 둥실 떠올랐다. 하지만 바로 기울었다. 스님이 착지한 곳은 연못의 수면이었다.

풍덩!

공중 부양이 아니라 잠수가 되고 말았다. 강토는 손을 내밀어 스님의 상륙을 도왔다.

"허어, 이 무슨 변괴인고?"

나무 바닥으로 올라온 스님이 고개를 저었다. 스님은 장삼 자락으로 물기를 닦으며 강토를 바라보았다.

"제가 해야만 이긴 겁니까?"

강토가 웃었다.

"……?"

"스님이 물속에 있을 때 저는 이미 스님보다 높은 곳에 있었습니다."

"……!"

물을 털던 스님의 표정이 굳는 게 보였다. 의미심장한 말이었다.

"거기에 스님을 두 번이나 도왔죠."

"……?"

두 번?

"진땀을 흘리는 스님을 물로 모셔 적셔줌으로써 한 번, 스님께서 밖으로 나오시도록 손을 잡아주면서 한 번……."

문수의 통역이 뒤따르자 스님의 얼굴이 하얗게 변했다.

"……?"

"아직 한 번 더 남았습니다만!"

강토는 오른손을 들어 올려 허공에서 뒤집었다. 마치 바람을 밀어내는 듯한 자세였다. 그저 스님을 흉내 내는 것처럼 보였지만 스님은 머리가 맑아오는 걸 느꼈다. 높여놓았던 뇌압을 조절해 컨디션이 좋을 만큼의 상태로 돌려놓은 것이다.

스님의 표정, 거기서 왈딱 뒤집혔다. 강토의 내공을 알아본 것이다.

짝짝짝!

스님은 북을 치듯 천천히 박수를 쳐주었다. 강토의 승을 인정하는 박수였다.

뾰로롱!

아기 스님이 작은 새장을 들고 왔다. 은은한 빛깔의 작은 새가 들어 있었다. 아기 스님이 문을 열자 새는 날갯짓을 하며 스님의 어깨로 날아왔다.

"가거라!"

작은 편지를 발에 매단 새를 스님이 날려 보냈다. 새는 까마득한 절벽을 따라 수직으로 날아올랐다. 새를 통한 연락. 선사와 스님다운 연락법이었다.

"곧 소식이 올 테니 잠시만 기다리시오."

장삼을 바꿔 입은 스님이 강토를 돌아보았다.

"형!"

옆에 있던 덕규가 속삭였다.

"왜?"

"나 십 년은 감수했어."

"구라지?"

"진짜라니까. 대체 어떻게 된 거야?"

"스님이 물을 좋아한다는 걸 읽었지."

강토가 웃었다.

"진짜?"

"아니면 운이 좋았거나."

"아… 하지만 그 선사인가 뭔가 하는 사람은 어떻게 해?"

"어떻게 되겠지."

쑤찬!

그도 공중 부양을 조건으로 내세울까? 그에게도 주지 스님에게 쓴 뇌 기능 장애가 통할까? 주지 스님이 뜨지 못한 건 기의 집중이 흐트러진 탓이었다. 강토 때문이었다. 기는 무엇으로 모으는가? 정신을 통일하지 않고는 되지 않을 일. 정신 통일은 주로 뇌의 전두엽으로 말미암은 것 또한 만년의 진리. 강토는 거기에 더해 주의력과 운동, 감정을 제어하는 띠이랑을 장악했고, 운동을 제어하는 대뇌기저핵도 장악하고 있었다. 그리하여 그가 기를 모을 때마다 방해 공작을 펼친 것.

그때였다. 웅성거림과 함께 절벽의 가운데서 희끗 사람 모습이 보였다.

"대표님!"

문수가 그곳을 가리켰다. 수백 미터는 족히 되고도 남을 수직의 절벽 가운데, 그 작은 동굴 앞에 사람이 나타난 것이다. 더 놀라운 건 그가 그대로 하산을 시도했다는 것. 등반 장비 하나 갖추지 않은 그는 맨손으로 암벽을 타고 내려왔다. 불과 5분도 되지 않는 시간이었다.

"대박!"

덕규는 입을 벌린 채 말을 제대로 잇지 못했다.

그가 다가오고 있었다. 어깨에는 황금새를 얹은 채. 마치 거대한 만리장성이 다가오는 듯 장엄하게, 그러면서도 아스라한 바람인 듯 가볍게…….

"당신이 나를 찾았소?"

강토 앞에 선 그가 물었다. 그 목소리는 황금새를 닮아 있었다.

*   *   *

쑤찬!

그는 평범한 수행자 차림이었다. 그가 강토를 바라보자 새가 날아올랐다. 새는 강토의 어깨로 옮겨 왔다.

야옹!

어디서 나타났는지 고양이 두 마리도 강토에게 다가와 얌전하게 꼬리를 들고 앉았다. 쑤찬의 눈매가 파르르 떠는 게 보였다.

"한국에서 온 이강토입니다."

"용건이 뭐요?"

"이규리의 부탁을 받고 왔습니다."

"이규리?"

선사의 눈이 한 번 더 흔들렸다.

"홍삼을 가져다 드리라기에……"

강토가 돌아보자 문수가 선물 꾸러미를 내놓았다.

"그 아이는 어디에 있소?"

"한국에 있습니다."

"무얼하고 있소?"

"자세한 건 모릅니다. 그저 부탁을 받았을 뿐."

"그 아이가 내게 선물을?"

푸하하핫!

선사가 웃었다.

"곧 생일이시라며……"

"그렇다면 그 아이, 필경 위험에 처했겠군?"

"……?"

이번에는 강토의 눈동자가 출렁거렸다. 쑤찬, 알고 있단 말인가?

"그 심보에 이런 걸 보낼 리 없지. 필경 제 눈에 피눈물이 흘러 과거를 돌아보게 되었을 일."

쑤찬의 시선이 홍삼으로 옮겨 갔다.

'기회……'

강토는 매직 뉴런을 떠올렸다. 그는 지구 방사선과 물질을 은재구에게 전해준 장본인. 그러나 수행차 올라간 몸이니 지금은 지니지 않았을 수 있었다.

하지만!

강토는 매직 뉴런을 겨누지 않았다. 이규리를 길러낸 기공술사. 거기에 은재구에게 기묘한 처방을 준 사람. 눈속임이 아니라 진짜 공중 부양을 하는 초능력자에 대한 예우이자 동업자 정신의 발로였다.

초록은 동색!

강토는 궁금했다. 그의 초능력… 게다가 아직은 강토의 적이 아니었다.

"선물은 고맙소. 그런데 나는 왜 부른 것이오? 단순히 이것 때문에 온 손님은 아닌 것 같은데……."

"맞습니다. 부탁이 있어서 왔습니다."

"부탁이라……."

선사가 연못으로 걸어갔다. 스님이 가부좌를 틀던 그 자리였다. 아직 물기가 남아 있었다. 그걸 보더니 주지 스님을 돌아보며 웃었다.

"스님도 늙었구려. 이제 물에 빠지기까지 하시다니……."

"허헛, 맞소이다. 그런데 그 물에 빠지니 머리가 저절로 시원해지더이다. 내 여기 주지로 살면서 오늘에야 안 사실이오."

스님이 맞장구를 쳤다. 의미가 담긴 말이었다.

"그렇다면 당신이 연못에 청량제를 뿌렸다는 건데?"

쑤찬이 강토에게 시선을 옮겼다.

"죄송합니다. 마음은 바쁜데 선사님을 뵐 방법이 그것밖에 없다기에……."

"스님을 아예 못 나오게 했을 수도 있었겠군요?"

"그것까지는……."

"내게 뭘 원하오?"

"실은 이것 때문에 찾아왔습니다."

강토가 작은 조각을 내밀었다. 은재구에게서 슬쩍한 그 조각이었다.

"이건……?"

"선사님께서 한국의 손님에게 준 물건입니다."

"맞소이다. 그런데 이게 왜?"

"그게 한국의 정기를 어지럽히고 있어서요."

"정기?"

쑤찬이 시선을 들었다. 강토의 시선과 허공에서 만났다. 담담하게 마주친 두 시선은 어느 한편의 굽힘도 없었다. 시간이 흘러갔다. 선사의 어깨 위로 황금새가 한 마리 날아왔다. 그게 시작이었다. 어디서 오는 걸까? 황금새들이 쉴 새도 없이 날아들었다. 그의 어깨와 머리가 새 무리로 덮여 버렸다.

그러자 담장 뒤로 어슬렁 고양이가 등장했다. 그 뒤로 또 한 마리, 그 뒤로 또 한 마리였다. 고양이는 딱 황금새의 숫자만큼 모였다. 강토 다리를 중심으로 모여 바글거렸다.

사람들은 숨을 죽이고 있었다.

고양이와 새!

그 불협화음은 깨지지 않았다. 그 어느 고양이도 새를 공격하지 않았다. 새들 역시 고양이를 자극하지 않았다.

"실장님……."

긴장에 못 이긴 덕규가 나지막이 속삭였다.

"쉿!"

"동물 대리전인가요?"

"아마……."

"아, 진짜 숨도 제대로 못 쉬겠네."

덕규는 목덜미를 타고 내리는 땀을 닦아냈다. 다른 스님들도 대개 그랬다.

얼마나 지났을까? 선사가 오른팔을 쭉 뻗었다. 그러자 새들이 종종걸음으로 손끝을 향해 움직였다. 거기서 포르릉 차례차례 날아올랐다. 강토 역시 담장을 향해 손을 뻗었다. 고양이들이 이동하기 시작했다. 고양이들은 줄을 지어 담장 쪽으로 향했다.

포릉!

마지막 황금새가 날아오르자, 담장의 마지막 고양이도 꼬리를 감췄다.

"굉장하군요."

쑤찬이 웃었다.

"선사님도요."

강토도 따라 웃었다.

"들어가시죠."

그가 자기 방을 가리켰다. 마음이 열린 모양이었다. 강토는
그를 따라 방으로 들어섰다. 문수도 그랬다. 이어 쑤찬이 들어
서자, 공중 부유하던 물건들이 일제히 내려앉았다. 마치 주인
을 맞기라도 하듯.

"규리가 당신에게 인생을 제대로 배웠을 것 같군요."

좌정한 그가 부드럽게 말했다.

"과찬이십니다."

"한때 그녀를 가르쳤던 사람으로서 송구함을 전합니다."

"……."

"하지만 이 지심철(地心鐵)에 대해서는 아직 이해를 못 하겠
습니다."

쑤찬이 강토가 건네준 조각을 만지작거렸다.

지심철!

저 물질의 이름인 모양이었다.

"그 조각의 원재료가 지심철입니까?"

"내가 붙인 이름이죠."

"그걸 당신에게 받아 간 사람이 은재구입니다. 한국의 국회
의원이죠."

강토의 말은 계속 문수의 입을 통해 옮겨지고 있었다.

"그렇게 들었습니다만."

"그는 부패한 사람입니다. 한국 정부에서 그 부패를 밝히려
하자 선사님을 통해 그걸 들여온 거죠."

"부패라……."

"지금 한국에서는 권력층에 대한 비리 검증이 이슈가 되고 있습니다. 은재구 의원 또한 대상자의 한 사람이죠. 하지만 선사님께서 구해 온 그 물질을 이 사람 저 사람에게 나눠주어 검증을 어렵게 하고 있습니다."

"내가 전해 들은 바로는 연구 목적으로 쓴다고 들었소만."

"거짓말입니다."

"그럴 수도 있겠군요. 하지만 유감스럽게도 이 사람은, 그 사람이 거짓말인지 당신이 거짓말인 구분할 능력이 없습니다."

"……!"

강토는 말문이 막혔다. 유감스럽지만 맞는 말이었다.

"그 검증을 하는 사람이 당신인가요?"

"일부분을 차지하기는 합니다."

"그렇다면 원하시는 게 뭡니까?"

"선사님이 이 물질을 만드셨다면 이 물질을 무력화시키는 법도 알고 계시겠지요. 그걸 알려주시면 고맙겠습니다."

"내 손을 떠난 일입니다. 그런 식으로 인과의 가지를 치고 싶지 않아요."

"선사님 때문에 한국민이 불행해져도 말입니까?"

"그건 또 무슨 소리죠?"

"은재구는 차기 대통령이거나 혹은 킹 메이커가 되려는 사람입니다. 부정한 마음을 먹은 사람이 지도자가 될 때 그 민족이 져야 할 고통이 얼마나 클지는 잘 아실 것 같은데요."

"나는 은재구라는 사람에게 호의를 베풀었을 뿐인데 마치

죄인 취급을 하고 있군요."

"도의적 책임이나 미필적 고의라는 것도 있으니까요."

강토는 한발도 물러서지 않았다. 기왕에 독대를 한 것이니 어떤 쪽으로든 끝장을 봐야 했다.

"나로 말미암아 일어난 일이니 수습책도 내놓아라?"

쑤찬이 고개를 들었다. 조금씩 격앙되는 목소리. 그걸 안 문수가 통역을 꺼리자 강토가 선수를 쳤다.

"있는 그대로 통역해!"

"그러죠."

문수가 대답했다.

"직설적으로 말하면 그렇다고 전해."

강토는 문수가 주저한 말에 대해 즉각 응수했다.

"그만한 능력도 있으실 테고?"

쑤찬도 망설임 따위는 없었다.

"그런 것은 아니지만 애는 써볼 참입니다."

"좋습니다. 그렇다면 내가 도의적인 책임으로 방법은 알려 드리죠."

'방법?'

"당신이 원하는 재료가 있는 곳을 알려드리겠습니다. 그걸 가져오면 그걸로 원하는 걸 만들어 드리죠. 당신도 그럴 만한 각오는 되어 있는 것 같고……."

"……."

"그 물질은 바로 이것입니다."

선사가 조각난 광석을 보여주었다. 녹색이 아련하게 배어 나오는 그 광석이었다.

"이게 쪼개지지 않았다면 만들어 드릴 수도 있지만 중심부의 에너지가 공기에 닿아버리면 별 효과가 없거든요."

"그게 어디 있다는 거죠?"

문수가 강토의 의도를 전하자 쑤찬은 문을 바라보았다. 문은 기공에 의해 저절로 열렸다. 그의 시선은 그 앞으로 펼쳐지는 수직 절벽으로 향했다. 조금 전에 그가 내려온 절벽이었다.

"내가 수련하는 동굴이 보이시죠?"

"······?"

"그 조금 아래를 보시면 조금 작은 동굴 하나가 보일 겁니다. 거기 가면 이 광석이 있습니다. 이름은 천심철(天心鐵)이죠. 지심철의 반대 작용을 하는······."

"······!"

"이 사람이 목욕재계를 하고 다시 수련에 임하는 데까지 걸리는 시간이 약 1시간입니다. 그 안에 가져오시면 하늘이 당신을 믿으라는 계시를 준 걸로 알고 만들어 드리리다!"

쑤찬이 자리에서 일어섰다. 주인이 나가자 아까 떠 있던 물질들이 다시 허공으로 솟구쳤다.

"한 시간 안에 저기로 가서 원석을 가져오라는군요."

문수의 마지막 통역이 나왔다.

"······!"

어지러웠다. 머리부터 발끝까지 죄다. 대충 보아도 200미터는 족히 넘을 것 같은 수직 절벽. 새가 아니고서는 갈 수 없는 곳이었다. 게다가 한 시간?

"말도 안 돼요!"

강토의 말을 들은 덕규가 펄쩍 뛰었다.

"개자식들이 수 쓰는 거잖아요? 그냥 확 멱살잡이라도 해서 실력 행사하자고요."

"좀 진정해!"

문수가 덕규를 제지했다.

"아, 진짜 이 짱깨 쉐리들……."

그래도 흥분이 가라앉지 않는 덕규. 그러자 문수가 약수를 그 머리에 부었다.

"……!"

물세례를 받자 덕규는 조금 조용해졌다.

"방법 없지?"

강토가 문수를 바라보았다. 머릿속에 컴퓨터가 든 문수. 그라면 묘안이 나올 수도 있기 때문이었다.

"불가능합니다. 전문 암벽등반가도 아니고……."

계곡을 바라본 문수도 바로 고개를 저었다.

"기구 같은 거 없을까? 열기구 타고 접근하면……."

물기를 닦아낸 덕규가 다시 끼어들었다.

"그거 만드는 데만 몇 달이 걸릴 텐데도?"

문수가 일축했다.

"아, 실장님 그 좋은 머리로 어떻게 좀 해봐요."

덕규가 몸서리를 치지만 그것뿐이었다. 문수라고 뾰족한 수가 있는 건 아니었다. 그때, 어디선가 야옹, 고양이 울음소리가 들렸다. 고개를 들었다. 커다란 은행나무 위였다. 20여 미터는 족히 넘어 보이는 가지 사이에 검은 고양이가 있었다.

고양이……

야옹…….

"……!"

강토 머리에 희망 하나가 스쳐갔다. 그렇다. 새는 아니지만 고양이가 있었다. 강토는 고양이를 불러 내렸다. 이리 와, 이리 와!

강토의 부름을 받은 고양이는 날렵하게 내려와 얌전하게 앉았다.

"잘 봐!"

고양이에게 녹색의 천심철 조각을 보여주었다.

"저기 보이지? 저기 작은 동굴……"

야옹!

"거기 올라가면 이런 돌이 있대. 좀 물어다 줄래?"

야옹!

"형, 아, 진짜… 아무리 그래도 그건 좀 아니다."

다시 덕규가 볼멘소리를 내질렀다.

"부탁해!"

강토는 오직 고양이와 눈을 맞추었다. 진심으로 갈구하면서.

야옹!

야속하게도 고양이는 슬며시 돌아서 담장 뒤로 사라져 버렸다. 혹시나 기대를 걸었던 강토, 맥이 쭈욱 빠져나가는 게 보였다.

"죄송하지만 비즈니스 관점으로 전략을 바꿔보는 게 어떨까요?"

문수가 현실적인 대책을 내놓았다.

"돈?"

"선사도 사람 아닙니까? 마지막으로 한번……."

말릴 사이도 없이 문수가 목욕실을 찾아갔다. 목욕을 마친 선사가 나오고 있었다. 선사의 답은 간단하게 돌아왔다.

"이제 40분 남았소이다!"

문수가 베팅한 돈은 50만 위안. 보기 좋게 딱지를 맞은 셈이다.

40분!

강토가 암벽 쪽으로 다가섰다. 10여 미터는 제법 올라섰다. 그러다 주룩 미끄러졌다. 포기했다. 마음만으로 해결할 수 있는 일이 아니었다. 그때…….

야옹!

다시 고양이 소리가 들렸다. 아까 그 검은 고양이였다. 옆에 다른 검은 고양이를 달고 있었다. 조금 작지만 날렵한 라인의 몸매였다. 그 고양이가 다가와 강토 앞에 앉았다. 다리를 모으고 꼬리를 세우고. 강토를 바라본 고양이는 바로 암벽을 향해 튀어올랐다.

야옹!

아아아!

강토는 보았다. 검은 고양이가 암벽을 박차고 오르는 모습을. 그야말로 비호였고 그야말로 물 찬 제비였다.

야옹!

강토 옆에 남은 처음의 검은 고양이는 울음을 쉬지 않았다. 어쩌면 저 녀석은 이 고양이의 새끼로도 보였다. 그사이에 고양이는 선사가 말한 동굴로 들어갔다.

"아싸!"

덕규가 외쳤다.

"으아아!"

돌부처 같던 문수도 환호를 참지 못했다.

야옹!

고양이가 울었다. 강토도 끓어오르는 뜨거움을 참지 못하고 고양이를 안아 들었다.

고마워!

네가 네 새끼를 데려왔구나.

귀신처럼 벼랑을 타는 고양이를…….

야옹!

검은 고양이는 그렇다는 듯 웃었다. 동시에 새끼 고양이가 다시 동굴에서 모습을 드러냈다. 내려오는 길도 다르지 않았다. 날렵한 고양이는 용수철처럼 퉁퉁거리며 강토 눈에 가까워지고 있었다.

"야, 야, 조금만 더!"

"힘내!"

덕규와 문수가 합창으로 외쳤다. 이제 고양이는 시야에 선명해졌다. 그 입에 물고 있는 녹색의 광석이 보일 정도였다.

야옹!

고양이가 돌아왔다. 광석을 문 고양이가 강토를 바라보았다. 강토는 그제야 어미 고양이를 내려놓았다. 새끼는 제 어미에게 광석을 바쳤다. 어미는 제 새끼를 혀로 쓰다듬어 준 후에야 광석을 물어 강토에게 건네주었다.

고마워!

강토가 두 고양이를 안아 들었다. 고양이들은 한목소리로 야옹, 충성스럽게 울었다.

*　　　　　*　　　　　*

"덕규야."

강토가 덕규를 바라보았다.

"말씀하십시오."

"이 두 고양이… 당장 데리고 가서 생선이라도 좀 사주도록."

목소리가 칼칼하게 나왔다. 가슴이 먹먹한 까닭이었다.

"그렇게 하죠."

문수가 두 고양이를 받아 들었다. 광물 먼저 챙기지는 않았다. 물론 핵심은 광물이라는 거 잘 알고 있었다. 하지만 고양이가 없었다면, 광물도 없었을 일이었다.

"여기 있습니다."

강토가 쑤찬에게 천심석을 건네주었다. 쑤찬이 받아 들었다. 담담하게 천심석을 본 쑤찬, 그대로 연못에다 던져 버렸다.

퐁!

천심석은 파문과 함께 자취를 감췄다.

"……?"

강토는 파문에 멈춘 시선을 거두지 않았다. 어쩐다? 찰나에도 수만 가지 생각이 들끓었지만 일단은 쑤찬의 속내부터 알아야 했다.

"어떻게 된 일이오?"

오히려 그가 먼저 물었다.

"뭐 말입니까?"

"마오!"

마오?

"고양이입니다."

문수가 통역을 내놓았다.

"고양이를 여럿 구해준 적이 있다고 전해. 그래서 조금 통하는 게 있다고……."

"고양이의 보은이라……."

쑤찬의 시선이 하늘로 올라갔다. 구름이 보였다. 어쩐지 고양이 얼굴처럼도 보였다.

"따라오시오! 통역 선생은 거기 계시고……."

쑤찬이 돌아섰다. 문수는 따라붙지 말라는 당부와 함께.

담을 끼고 돌았다. 안으로 이어지는 문이 나왔다. 작은 방이었다. 그 문을 열자 절과는 어울리지 않는 공간이 드러났다. 쑤찬의 실험실인 모양이었다.

테이블 위에 가득한 광물들이 보였다. 고양이가 물어 온 그 광물도 있었다. 그러니까 쑤찬의 오더는 하나의 시험인 셈이었다.

"거기 앉으시오!"

쑤찬은 말과 동작을 같이했다. 문수가 없기 때문이었다. 보디랭귀지로 말을 알아들은 강토가 나무 의자에 앉았다. 쑤찬은 육각을 이룬 통나무 가운데 가부좌를 틀었다.

"후웁!"

소리도 없는 기합이 터져 나왔다. 강토는 느낄 수 있었다. 안의 공기 질이 달라졌다는 걸. 그리고… 쑤찬의 몸에서 아련한 빛이 나오는 것과 동시에 둥실 떠올랐다.

'공중 부양!'

그 신기가 강토 앞에 펼쳐지고 있었다. 부양은 아주 느렸다. 하지만 이내 1미터 가까운 통나무 꼭대기와 쑤찬의 앉은 높이가 나란해졌다.

꿀꺽!

강토는 침을 넘겼다. 순식간에 떠오른 쑤찬. 어쩌면 아까 그 절벽까지라도 날아갈 듯해 보였다.

빛!

육각에서 새어 나온 빛이 쑤찬을 물들이기 시작했다. 그 빛은 그곳에만 머물지 않았다. 어느새 방 안에 가득 차 버린 것이다. 빛을 돌아보는 사이에 쑤찬은 이미 내려와 있었다. 그는 숭고한 표정으로 천심석을 갈랐다. 도구 따위는 없었다. 오직 손을 대자, 광석이 네 조각으로 나뉜 것이다. 광물 중심의 녹색이 용액으로 흘러나왔다. 쑤찬은 그걸 작은 틀 위에 받았다.

"후웁!"

다시 한 번 기를 모으는 쑤찬. 용액 위에 가루를 뿌리고 두 손을 올려 자신에게 출렁거리는 빛을 오롯이 겨누었다.

후웅!

단 한 번의 빛보라가 몰아쳤다. 잠시 눈이 부신 강토가 눈을 감았다 떴을 때, 방 안의 빛은 다 사라진 후였다.

쑤찬이 다가와 패드 모양으로 변한 녹색 물질을 건네주었다.

"제가 드린 조각은 어디 있나요?"

강토가 손짓 발짓으로 물었다.

"쩌거?"

쑤찬이 조각을 들어 보였다. 순간, 강토의 매직 뉴런이 벼락처럼 날아갔다. 새로 받아 든 물질에 대한 실험. 성심껏 만든 사람에게는 미안한 일이지만 확인이 필요했다. 그냥 받아 갔다가 효험이 없다면 그만한 낭패가 없기 때문이었다.

〈최근 비밀〉

특별한 명령을 내리지 않았더니 매직 뉴런이 본능처럼 최근 비밀부터 열었다.

"……!"

'뚜이부치!'

강토는 황급히 매직 뉴런 네트워크를 중지시켰다. 정말이지 쏸찬에 대한 실례가 맞았다. 그의 기억은 자위였다. 제아무리 선사라고 해도 건장한 남자. 절에 온 늘씬한 아가씨 몸매를 상상하며 몰래 방출의 기쁨을 누리는 장면이었다. 여기는 절. 그러니 그에게는 비밀일 수밖에.

내친김에 은재구와의 관계까지는 탐색했다. 혹시라도 그가 은재구의 사람일 수도 있었다. 다행이었다. 그는 단지 고승의 부탁으로 은재구를 만났을 뿐이었다.

홍조가 가시지 않은 강토, 쏸찬에게 두 손을 모아 공손히 고마움을 전했다.

강토가 밖으로 나왔다. 밝은 표정을 본 문수가 엄지를 세워 보였다.

"이 대인!"

쏸찬이 다가왔다.

"부탁이 있습니다."

"말씀하시죠."

"이규리 말입니다……."

"……"

"혹시 다시 만날 기회가 있거들랑 이 말을 전해주십시오. 이제 사사로운 욕망이 가셨거들랑 다시 웅천사로 돌아오라고."

"……"

"언제고 그 아이를 위한 자리는 비어 있다고……"

쑤찬은 그 말을 남기고 돌아섰다. 스승과 제자… 무슨 사연이 있는 걸까? 그 세세한 것까지는 확인하지 않은 강토. 아주 잘한 일이라고 생각하고 있었다. 세상의 모든 것을 아는 것, 그것만큼 무료할 일도 없을 것만 같았다.

"가시죠."

문수가 입구를 가리켰다. 강토는 연못과 절벽을 돌아보고 걸음을 옮겼다.

"……!"

절을 나온 강토와 문수, 그 자리에서 멈추고 말았다. 덕규 때문이었다. 고양이 때문이었다. 세상의 고양이가 다 몰려온 걸까? 차량 주변에는 수백 마리의 고양이가 법석을 떨고 있었다.

"부실장!"

문수가 다가가자 덕규가 자랑스럽게 목소리를 높였다.

"잘했죠? 아, 대표님의 특명인데 이 정도는 쏴야 하는 거 아닌가요?"

덕규가 사다 던져준 잉어와 메기는 수십 마리도 넘었다. 정말이지 대륙만큼이나 통이 커진 덕규. 강토와 문수는 그저 웃을 뿐이었다.

야옹!

수고한 고양이들의 집단 파티를 바라보며!

가뜬하게 시안의 성도로 돌아왔다. 중산문 인근에서 모처럼 셋이 둘러앉아 식탐을 시도했다. 강토가 기분을 냈다.

"마음대로 시켜라. 내가 쏜다!"

덕규와 문수에게 메뉴판을 건네주는 강토.

"그럼 저는 둥푸러우와 바바오차이를 먹겠습니다."

"나도!"

덕규가 문수를 따라 손을 들었다.

"술도 좀 마셔야지?"

강토가 덕규를 바라보았다. 덕규는 문수에게 시선을 돌렸다. 중국어 메뉴판을 읽지 못하기 때문이었다.

"그럼 깔끔한 백주로 하시죠?"

"나도!"

덕규는 매번 따라쟁이가 되었다.

음식이 나왔다. 테이블 가득이었다.

"자, 한 잔씩들 받아!"

강토가 백주병을 들었다. 52도를 자랑하는 마오타이 지우였다.

"방 실장님은 위험한데?"

덕규가 은근 문수를 견제했다.

"내가 뭐?"

"그 뭣이다냐… 술 많이 먹으면 멍멍이과가 된다는 전설이……."

"다 옛날얘기야."

"과연 그럴까요? 더구나 여자 문제까지 겹치면……."

"여자 문제?"

문수가 고개를 들었다.

"뭐 말이 그렇다는 얘기고요. 아무튼 자제하시라고요. 여기서 실장님이 꽐라 되면 우리 둘 다 벙어리라고요."

덕규의 걱정은 언어 소통인 모양이었다.

"왜 그러서? 여기도 영어 통하거든?"

"어, 진짜요?"

"당연하지. 달리 만국공통어겠어? 대표님이 영어 좀 하시니까 걱정일랑 아까 그 계곡 위로 날려 버리고 마시기나 해. 게다가 대표님은 생존 중국어 정도는 하시거든."

"알았습니다."

풀 죽은 덕규가 잔을 들었다. 셋은 자그만 잔을 부딪쳤다.

'백주…….'

혀에 대자 짜릿한 냄새가 목젖을 건드렸다. 강토는 원샷을 했다. 짜릿함이 저 아래의 십이지장 입구까지 텔레포트로 내려가는 느낌이었다.

"크하, 쥐긴다!"

덕규는 술잔을 머리 위로 올려 터는 시늉을 냈다.

"방 실장!"

강토가 문수를 보았다.

"예?"

"오늘은 세상일도 다 잊어버리고 먹방만 사수하자고."

"좋죠."

"대신 술은 주량껏."

"그것도 좋죠."

"받아. 다들 수고했어."

강토가 다시 술을 돌렸다.

꼴깍!

백주가 또 넘어갔다. 톡 쏘던 맛이 이제는 숨을 좀 죽이고 있었다. 그새 속은 알딸딸해졌다. 덕규도 널널해진 건지 문수를 걸고넘어졌다.

"방 실짱님!"

"왜?"

"힘내세요."

"뭘?"

"재희 씨 말이에요. 내가 겪어봐서 아는데 속 안 좋죠?"

"덕규야!"

강토가 제지 신호를 보냈지만 덕규는 계속 달려만 갔다.

"내가 딱 보니까 실짱님은 연애에 꽝이야. 아마 재희 씨랑 잠도 못 자봤을걸요?"

"덕규야!"

"에이, 형은 좀 가만히 있어요. 대표가 품위 떨어지게스리……."

막무가내가 된 덕규, 계속 말을 이어갔다.

"진짜 실짱님도 내 형 같아서 하는 말인데 남자답게 확 밀어

붙여요. 뭐야? 그까짓 연적한테 외제 스포츠카 있다고 깨갱거리고… 여기 우리 형이 있잖아요. 형이 우리한테 세상을 다 안겨줄 건데 뭐가 겁나요?"

"……."

"알았죠? 파이팅?"

"찌야요!"

듣고 있던 문수가 주먹을 쥐어 보이며 웃었다.

"찌야요?"

"여긴 중국이니까. 중국 말로 파이팅이야!"

"으아, 역시 실짱님 머리는… 찌야요!"

자리에서 일어난 덕규가 주먹을 쥐며 외쳤다. 주변 사람들이 쳐다보자 문수가 수습에 나섰다.

"뚜이부치, 뚜이부치!"

"황덕규!"

그쯤에서 강토의 눈에 힘이 들어갔다.

"예?"

오버한 걸 아는 덕규, 찔끔 눈치를 보며 자리에 앉았다.

"거기까지만!"

"알았어요."

덕규는 자작으로 백주를 한 잔 더 때려 넣었다.

그날 밤, 강토는 보았다. 문수의 애달픔. 새벽 시간이었다. 목이 말라 눈을 떴을 때의 일이다. 문수는 창가에 서 있었다. 아슴푸레 들어오는 불빛을 바라보는 시선. 그건 누군가를 그리워

하는 사람들의 트레이드 마크였다. 간간히 낮은 한숨도 들려왔다.

사랑······.

골치 아픈 녀석이다. 누구도 그 덫에 걸리면 예외 없이 가슴앓이를 해야 하는 것이다. 문수를 방해할까 봐 물 마시는 건 포기했다. 그러기는커녕, 숨소리도 제대로 내지 못했다.

'부럽네!'

여자 없는 수컷의 반응이 강토 입에서 나왔다. 전에는 찌질해서 여자가 없었다. 이제는 찌질하지 않지만 여자가 없기는 마찬가지였다.

강토 옆의 여자······.

잠도 오지 않아 하나하나 꼽아보았다.

—마고 아줌마.

—세경이.

그게 전부였다.

'아니지!'

둘이 더 있기는 했다.

—닥터 차영아.

—앵커 조아인.

마지막까지 강토의 머리에 남은 건 조아인이었다. 그녀를 보면 어쩐지 조심하게 되는 강토. 그것도 사랑일까? 거기까지 생각하니 몹시 슬픈 생각이 들었다. 여자 없는 세 수컷이 한 방에 머문 것이다.

젠장!

한숨이 나왔다. 삶에는 꼭 한 가지 아쉬움이 따라붙는다. 그 옛날 행복할 때는 엄마 없는 것이 아쉬움이었다. 그게 익숙해질 때는 아버지의 감옥행. 학교를 졸업하고는 경제적 자립을 할 수 있는 번듯한 직장. 그리고 지금은 여자가 되는 모양이었다.

깊어가는 밤, 덕규의 코 고는 소리도 함께 깊어가고 있었다.

아침은 커튼 너머에서 밀려왔다.

까무룩 잠이 든 강토, 어스름을 느끼고 잠이 깼다. 문수는 여전히 창가에 있었다. 다만 분위기가 달랐다. 옷을 갈아입고 노트북을 두드리고 있는 것이다.

"일찍 일어났네?"

강토는 시치미를 떼고 아침 인사를 건넸다.

"대표님!"

그가 손짓을 했다. 또 심상찮은 뉴스가 뜬 모양이었다.

"……?"

화면을 본 강토가 소스라쳤다. 국무위원 검증 결과가 떠 있었다.

'뭐야?'

화면을 내려다보는 강토. 발표는 강토가 넘겨준 자료와 많이 달랐다.

"은재구 라인이 통으로 빠졌죠?"

문수가 물었다.

"그런데?"

백스페이스를 눌렀다가 다시 원기사로 돌아왔다. 그래도 은재구 라인의 세 장관은 아무런 언급이 없었다.

—청와대 국무위원 청렴도 검증 결과 발표!

—부처 활성화 기대에 못 미친 장관 6명 사표 제출!

—청와대는 이들 의사를 존중해 개각 쪽으로 가닥!

기사를 요약하면 그랬다. 무슨 일일까? 산업통상자원부 장관과 건설교통부장관, 그리고 교육부 장관이 빠졌다. 강토가 사생결단으로 밝혀낸 그 비리는 어디로 가고…….

푸헐!

제7장
브레인 도핑

"어떻게 생각해?"

강토가 문수 의향을 물었다.

"둘 중 하나겠네요. 은재구 때문이거나, 은재구 때문이거나."

"……?"

"첫째는 은재구의 압력으로 측근 라인을 비리 장관 리스트에서 빼버렸을 수 있고, 둘째는 은재구를 압박해 뭔가 다른 정치적인 결과를 얻어내며 맞교환을 했든지……."

"후자라면 지켜봐야 할 일이군."

"후자 쪽이라면 곧 장 고문님으로부터 설명이 있지 않겠습니까?"

"후자 쪽 가능성이 크군?"

"제 생각도 그렇습니다. 만약 그럴 환경이 아니라면 지난번에 세 장관만 남았을 때 장 고문님이 굳이 진행할 필요가 없었을 겁니다. 공연한 부담을 만드는 꼴이 될 테니까요."

"압박이면 어떤 카드일까?"

"그건 저도 모릅니다. 정치에서의 경우의 수는 신도 계산하기 어려울 테니까요."

"하긴 흐지부지 넘어가지만 않는다면……"

"대표님!"

문수의 목소리가 진지하게 변했다.

"말해."

"만약 그렇게 되면 어쩌실 겁니까?"

"흐지부지?"

"예."

"저들이 나를 반대 세력 청소에 이용하고 팽하면 어쩔 것이냐?"

"생각하고 계시는군요?"

"당연하지. 그게 정치잖아?"

"……"

"나도 히든카드는 있으니까 걱정할 거 없어."

"예……"

"정 안 되면 다 엎어버리고 미국으로 갈 수도 있고."

"미국이라고요?"

"거기라면 우리가 조금 더 자유로울 수 있지 않을까? 정 안 되면 싱가포르나 홍콩도 괜찮고…….”

“나쁘지 않군요.”

“나도 정치 따위에 이용당할 생각은 없어. 하지만 이 나라의 권력층들… 누군가는 뜨거운 맛을 보여줘야 하잖아?”

“그건 맞습니다.”

“설마하니 정정련 쪽에서 나온 분석은 아니겠지?”

“아닙니다. 그쪽에서도 단체 개설 이후로 최고의 열정으로 대처하고 있습니다. 그동안 지지부진했던 단체의 이미지를 이번에 제대로 회복하겠다고 하더군요.”

“나쁘지 않군.”

“그래서… 귀국하시면 바로 검증 하나 이어달라고…….”

“흐음, 어쩐지…….”

“국회 쪽 기류가 심상치 않답니다. 아무래도 후속편을 마련해 둬야 할 것 같다고 합니다.”

“명단도 왔지?”

“예.”

“그래. 가서 또 굴러보자고.”

“죄송합니다. 제 생각에도 후속편이 필요한 때라서…….”

“방송국에는?”

“정 간사님이 채 국장님과 따로 의견을 맞췄답니다.”

“그건 그렇고 방 실장은 돈 벌면 뭐 하고 싶어?”

강토가 물었다.

“글쎄요, 아직 생각해 본 게 없어서…….”

"페라리 흰색 살 생각은 있었잖아?"

"그건……."

"난 돈 벌면 몰디브에 섬 하나 살 거야. 폼 나지 않아?"

"나는 그 옆에 조그만 섬 하나 찜!"

언제 깼는지 덕규가 끼어들었다.

"대표님은 이미 작은 섬 정도는 살 수 있는 재력가이십니다."

문수가 엷은 미소로 말했다.

"천만에, 이제 시작인걸. 우리가 여기저기 명함 내민 지 얼마
나 되었다고."

"그래서 대표님이 더 대단하죠. 저 같으면 돈 쓸 궁리나 할
텐데 조금도 흔들리지 않으시니."

"하핫, 어제 제대로 썼더니 비행기 많이 태우네. 속도 좀 안
좋은데 식사나 하러 가지."

"그러죠."

문수가 덕규를 끌고 일어섰다.

호텔 브렉퍼스트는 괜찮았다. 일식에 유럽식, 중국식을 갖춘
곳이었다. 한국식이 없다는 게 아쉬웠지만 해장이 될 만한 요
리도 많았다.

"오후 2시 비행기라고?"

구미에 맞는 음식을 챙겨 온 강토가 문수에게 물었다.

"예, 식사하시고 조금 쉬었다가 출발하면 체크인에 맞을 것
같습니다."

"아, 아쉽네. 이제 겨우 중국 말이 혀에 좀 붙으려고 하는

데… 완상 하오!"

덕규가 너스레를 떨며 여종업원에게 추파를 던졌다.

"완상 하오는 저녁 인사고 아침에는 짜오상 하오야!"

문수가 넌지시 정정해 주었다.

"그리고 귀국하시면 거처가 옮겨져 있을 겁니다."

"새 오피스텔요?"

덕규가 고개를 들었다.

"그래. 세경 씨 시켜서 포장 이사 해놓으라고 했거든."

"으아, 기대 만빵!"

덕규가 강토를 돌아보았다.

지하 벙커!

오랜 정이 든 공간이었다. 그 안에서 숱한 고뇌와 시름을 분질러 가며 살았다. 강토와 덕규의 가난한 꿈이 묻어나던 곳. 조금 섭섭하기는 하지만 별수 없는 일이었다.

그때 한 무리의 야구 선수들이 들어왔다. 대략 중학생 정도로 보였다. 한국 아이들이었다. 그 뒤로 부모들도 보였다.

"애들이 좀, 이상……."

덕규가 입을 열자 문수가 그 입을 막았다. 장애인 야구 선수들이었다. 감독과 코치가 강토네 옆 테이블에 앉았다.

"안녕하세요?"

강토가 인사를 건넸다.

"아, 한국분들이세요?"

코치가 인사를 받았다.

"예, 야구 선수들인가 봐요? 중국 팀과 경기 있나요?"

"밥 먹고 11시부터 저 길 건너 체육관에서 한판 붙습니다. 일본, 홍콩 4개국 친선인데 결승이에요."

"그래요? 응원가야겠네?"

"아, 예… 오시면 고맙긴 한데……."

코치가 말을 얼버무렸다. 밝은 인상이 아니다. 그러고 보니 감독은 더 굳어 있었다.

"무슨 걱정이라도?"

강토가 물었다.

"그게… 우리 에이스가 고장이 났거든요."

'고장?'

"사람, 뭐 쓸데없는 소리를……."

침묵하던 감독이 코치에게 핀잔을 주었다.

"아, 저도 갑갑하니까 이러는 거 아닙니까? 겨우 결승에 올라 부모님들 기대가 하늘을 찌르는데……."

코치도 감독을 따라 울상이 되었다.

조금 더 들은 사연은 이랬다.

4개국 장애 청소년 야구 대회. 주로 농아와 맹아 선수들로 이루어졌다. 그중에는 팔이 하나밖에 없는 선수도 있었다. 장애인이다 보니 선수층이 얇다. 배터리도 포수 하나에 투수 두 명이 고작이었다. 그런데 실질적인 투수라고 할 수 있는 선수가 고장이 난 것이다. 원인은 식중독이었고, 현재는 병원에 실려 가 누운 상태…….

투수가 한 명 더 있기는 하지만 등판시키기 어려운 일이었다. 그가 바로 외팔이기 때문.

"다른 애들 내보내 봤자 개판 오 분 전이겠지만 그렇다고 실전 경험 부족한 한 손 투수를 세울 수도 없고……."

감독과 코치의 얼굴이 누렇게 뜬 게 그 이유였다.

외팔이 투수!

사례가 없는 건 아니었다. 미국의 조막손 투수 짐 애보트가 그랬다. 날 때부터 오른손 손목 아래가 없었던 그는 한 손으로 메이저리그를 호령했다.

그렇다면 이 장애인 야구단의 외팔이 투수는?

짐 애보트와는 조금 달랐다. 소년은 사고로 오른손을 잃었다. 팔목 아래가 절단되어 의수를 끼운 상태… 게다가 대회마다 에이스가 계속 던지는 바람에 제대로 던질 능력도 없다는 게 감독의 판단이었다.

—결승전은 오전 11시!

—리틀 야구는 보통 6회까지가 정규 이닝!

잘하면 남는 시간을 소중하게 쓸 수도 있을 것 같았다.

"제가 좀 도와드릴까요?"

강토가 감독을 바라보았다.

당신이?

뭘?

처음, 감독의 표정은 그랬다. 하지만 문수가 강토의 뉴스 모음집을 보여주자 생각이 바뀌었다.

"브레인 도핑 아시죠?"

"알기는 합니다만……."

감독이 대답했다. 다행이었다. 길게 설명할 수고를 덜 수 있기 때문이었다.

"제가 그걸 해드리죠. 그 한 팔의 투수에게!"

강토, 아이들을 위해 새로운 모험에 나섰다.

브레인 도핑!

차영아 박사가 해준 말이었다. 간단히 말하자면 약물을 쓰는 대신 뇌를 자극하는 방법이었다. 차영아의 말이 있고 나서 강토는 그 자료를 뒤져보았다.

미국과 영국 등지에서 도입하고 있었다. 미국은 스키 점프 선수들에게 적용해 재미를 보았다. 이들은 헤드폰 비슷한 장비를 끼고 점프 훈련을 했다. 그 결과 균형 감각이 보통 선수들에 비해 80% 가까이 상승하는 효과를 보았다.

영국에서는 사이클 선수들이 대상이었다. 브레인 도핑을 한 선수들은 다른 선수들보다 2분 이상 페달을 더 밟았다.

브레인 도핑…….

이러한 결과는 뇌의 신비에 있었다. 뇌는 원래 인간은, 젖 먹던 힘까지 내고 있을 때도 과부하의 방지를 위해 여유분을 남겨놓는 대비를 하고 있다. 브레인 도핑은 그 나머지까지 다 쓸 수 있도록 유도하는 것이다. 아울러 특정 운동 부위를 관장하는 뇌 영역에 자극을 주면 근력이 최대에 달하고 피로감까지 줄어든다는 게 브레인 도핑의 강점이었다.

매력적인 건 브레인 도핑은 약물이 아니라서 아무런 제한이 없다는 사실. 그러나 뇌의 입장에서는 중노동을 강요받는 경우가 될 수 있으므로 당사자와 그 부모님에게 허락을 받기로 했다.

"저 할래요."

투수는 한마디로 수락했다. 소년의 어머니도 고개를 끄덕거렸다. 팀이 절체절명의 위기에 처한 상황. 비록 에이스는 아니었지만 부서지도록 던지고 싶은 소년이었다.

식사 후에 바로 운동장으로 향했다. 중국 선수들이 먼저 와 있었다.

팡!

중국의 투수가 뿌리는 공은 가히 위력적이었다. 어쩌면 130킬로미터가 나올 것도 같았다. 전통적으로 중국인들이 선호하는 붉은 유니폼을 입은 중국 팀은 기세가 하늘을 찔렀다.

"일단 한번 던져봐."

야구를 잘 아는 강토. 그러나 그건 팬의 입장이었지 시합에 관여하는 입장이 아니었다.

픽!

소년의 공은 맥없이 날아갔다. 그냥 봐서는 연습 볼 수준이었다. 감독은 만약의 사태에 대비해 유격수에게도 투구 연습을 시켰다. 하지만 그 역시 허덕거리기는 별 다르지 않았다.

"형 얼굴 똑바로 보렴."

시간이 많지 않은 강토, 소년에게 바로 매직 뉴런을 겨누었다. 소뇌로 들어갔다. 소뇌는 몸의 균형을 유지하고 운동 기능을 조절하는 곳. 그곳부터 집중적으로 매직 뉴런의 자극을 건네주었다.

다음은 대뇌기적핵과 띠이랑을 활성화시켜 주었다. 이곳 역시 운동을 제어하고 자율신경의 반응에 관여하는 곳.

처음에는 엉성하던 소년의 뇌 속에 뉴런 가지들이 촘촘해지는 게 보였다.

'조금만 더……'

강토는 부드럽게, 소년의 운동 기능을 끌어 올렸다. 이제 그 물망은 숲은 이루었다. 그때 감독이 다가왔다.

"언제까지 그러고 있을 겁니까? 잘 안 되면 그냥 유격수 내세우겠습니다."

"조금만 기다려 주세요."

강토가 양해를 구했다. 뉴런의 돌기는 촘촘해지지만 성상교세포가 남아 있었다. 그들 역시 뉴런의 일부로 볼 수 있을 정도로 뉴런과 소통하는 뇌의 주역. 아무래도 함께 활성화가 되어야 효과가 오래 지속되기 때문이었다.

"이봐요!"

시합이 시작되기 30분 전, 다시 다가온 감독 목소리에 짜증이 묻어났다. 강토는 그제야 매직 뉴런을 거두었다.

하지만 감독이 딴죽을 걸고 나왔다.

"됐어요. 그냥 유격수로 가겠습니다. 한 10점 이상 주겠지만 그래도 수비가 되는 아이가 낫지요."

"감독님!"

강토가 감독을 세웠다.

"됐다고요. 기적을 바란 내가 잘못이지."

"좋습니다. 그럼 한번 시켜나 보고 결정하세요."

강토가 소년의 등을 밀었다.

"던져봐!"

감독이 까칠하게 반응했다. 소년은 투구 연습을 하는 포수에게 다가갔다. 자세를 잡은 1구가 날아갔다.

"허허헛!"

감독이 웃었다. 공이 손에서 빠진 것이다.

"나 참, 이 양반들……."

강토를 돌아보는 감독의 눈에는 냉소가 가득했다. 바로 그때였다. 투수의 미트 쪽에서 '퍽' 하는 소리가 울려왔다.

"감독님!"

외침은 소년의 어머니 입에서 나왔다. 그녀의 손은 소년을 가리키고 있었다. 포수가 공을 소년에게 돌려주었다. 두 번째, 공이 소년의 손에서 떠났다.

퍼억!

미트에 제대로 꽂혔다. 공의 궤적도 괜찮아 보였다. 놀란 감독이 소년에게 다가갔다.

"다시 던져봐!"

감독, 소년의 옆에 서서 주문을 했다. 소년이 강토를 바라보았다. 강토는 찡긋 윙크로 소년을 응원했다. 공이 날아갔다.

파앙!

소리가 조금 더 커졌다. 엄청난 속구의 투구는 아니지만 유격수보다는 한결 나아보였다. 선수들이 모여들었다. 소년은 또 하나의 공을 뿌렸다.

"와아!"

친구들이 환호를 했다. 기대치는 되는 모양이었다. 소년이 투구를 멈추자 친구들이 몰려들어 머리와 어깨를 두드리며 좋아했다.

"저 정도만 던져서 5점 정도로 막아준다면 타격전으로 한번 붙어볼 만하겠습니다."

감독이 강토를 향해 고개를 끄덕해 보였다. 나름 만족스러운 기준이 되는 모양이었다.

"와아아!"

마침내 시합이 시작되었다. 강토도 1회를 지켜보았다. 소년이 투수로 나섰다. 소년은 마운드 위에서 강토에게 경례를 붙여주었다. 강토도 손을 들어 답했다.

따앙!

1번 타자부터 안타를 맞았다. 그래도 2번, 3번은 잘 처리했다. 하지만 4번에게 장타를 허용했다. 대학생 선수를 연상케 하는 중국 4번 타자는 강했다. 1점을 뺏기고 2사 주자 2루. 이어 나온 5번 타자가 친 공이 그라운드를 튀기고 투수에게 날아왔다. 소년은 글러브를 내밀어 막았다. 공이 3루 쪽으로 굴절

되는 통에 2루 주자가 홈으로 파고들었다. 소년은 재빨리 공을 잡아 1루로 던졌다.

"아웃!"

1루심이 주먹을 불끈 쥐었다. 소년이 선방한 1회였다.

"이제 가셔야 합니다."

문수가 시계를 보았다. 공항까지의 거리와 수속을 생각한 마지노선이었다. 1회 말, 한국 선수들은 2사 후에 내야안타를 치고 살아 나갔다. 하지만 후속타가 중견수 뜬공으로 잡혔다.

다시 2회, 소년이 마운드를 밟기 전, 강토가 그를 만났다. 소년의 어깨를 잡은 강토, 소년의 뉴런들을 한 번 더 활성화시켜 주었다.

"파이팅, 한국에서 보자."

강토가 웃었다.

"고마워요, 형. 최선을 다할게요."

소년도 웃었다.

소년의 어머니가 택시 정거장까지 따라왔다. 아들 주려고 한국에서 가져온 거라며 비타민 주스 세 병을 내밀었다. 두말없이 받았다.

"선생님, 죄송하지만 연락처 하나 주고 가세요."

어머니가 청하자 문수가 대신 명함을 건네주었다.

"조심해 가세요. 너무 고마웠어요!"

소년의 어머니가 손을 흔들었다.

와아아!

그 어깨너머로 환성이 들려왔다. 소년이 안타를 맞은 것일까? 아니면 한국 팀이 안타라도 친 것일까? 궁금한 차에 전화가 울렸다.

장철환이었다.

*　　　*　　　*

차는 서해안을 끼고 달렸다. 내비게이션에 찍힌 주소는 강토네 차를 바다로, 바다로 끌어들였다. 민자 도로 개통식이 있는 곳이었다. 그곳에 국토위 소속 국회의원들이 대거 참석하는 모양이었다.

강토는 웃고 있었다. 비행기에서 내리기 무섭게 낭보를 받은 까닭이었다. 낭보를 보낸 사람은 외팔이 소년이었다. 그들이 치열한 타격전 끝에 우승을 차지한 것이다.

스코어 8 대 6!

점수에서 보이듯 피를 말리는 타격전이었다고 한다. 소년은 4회 초까지 6점을 내줬다. 그중 2점은 수비 실수 때문이었다. 그때까지의 점수는 무려 6대 1이었다.

기적은 4회 말부터 시작되었다. 소년의 타석이 기폭제였다. 조금 짧은 배트를 쥔 소년, 안타보다 기습 번트를 노렸다. 운이 좋았다. 공이 투수와 포수, 3루수 중간에 떨어진 것이다. 온몸을 날린 소년의 몸이 1루에서 세이프 판정을 받았다.

한국 팀에 기세가 올랐다. 뒤를 이은 9번이 안타, 그다음에

포볼이 나왔다. 노아웃에 만루. 뒤를 이은 2번 타자가 싹쓸이 2루타를 쳐버렸다. 점수는 6 대 5. 3번과 4번이 아웃되었지만 아직 5번 타자가 있었다. 5번 타자는 외팔이 소년의 절친한 친구. 친구의 분전을 본 5번 타자는 힘껏 볼을 갖다 맞혔다.

그게 홈런이 되었다. 바로 역전이었다. 6 대 7로 바뀐 것이다.

이후 중국의 두 이닝을 소년이 막아냈다. 매회 안타를 하나씩 내줬지만 점수는 주지 않았다. 오히려 5회 말 공격에서 7번 타자의 2루타에 이은 소년의 번트, 2번 타자의 내야 강습 안타로 한 점을 추가했다.

스코어 8 대 6.

라스트는 외팔이 소년의 것이었다. 6회 초, 중국의 2번 타자가 살아 나갔다. 거기서 3번 타자가 번트를 했다. 소년 앞으로 굴러온 볼. 타자가 세이프되었다. 수비가 느리다는 약점을 찌른 중국이었다.

투아웃에 주자는 1루와 2루. 중국의 마지막 희망 4번 타자가 나왔다. 매 게임 홈런을 날린 그가 이번에도 홈런을 친다면 점수는 역전이 될 판. 잔뜩 힘이 들어간 4번을 본 감독이 두뇌 피칭을 지시했다.

깡!

마침내 그가 친 공이 평범한 내야 플라이가 되었다. 체공 시간이 긴 그 공은 소년의 글러브에 빨려 들어갔다. 게임이 마무리되는 순간이었다. 그 순간과, 우승으로 헹가래를 치는 장면, 두 개가 강토의 핸드폰으로 들어왔다. 소년의 어머니가 보낸 문자였다.

〈정말 고맙습니다.〉

〈형, 우리가 이겼어요. 고마워요!〉

어머니와 소년의 마음이 고스란히 찍혀 날아온 문자. 강토의 피로는 거기서 다 풀려 나갔다.

"형!"

운전대를 잡은 덕규가 말했다.

"왜?"

"나도 그거 좀 해줘. 브레인 도핑."

"뭐 하게?"

"태권도 대회 같은 데 나가서 싹 쓸어버리게."

"운전이나 해라. 브레인 도핑도 마음이 착해야 효과가 있는 거야."

"진짜?"

"그래. 너처럼 속이 시커먼 놈에게 브레인 도핑을 하면 머리가 다 타버릴걸?"

"으악, 그러면 취소. 여기서 더 머리 나빠지면 나 장가도 못 갈 거야."

덕규는 몸서리를 치며 페달을 밟았다.

'잘됐네.'

서해 너머의 중국을 바라보며 혼자 중얼거렸다. 온몸으로 세상과 부딪치며 살아가는 장애인들. 그들에게 작으나마 희망이 되었다니 기쁠 따름이었다.

다리를 건너면서 웃음을 끊어냈다. 이제 다시 비즈니스였다.

—홍선태 위원장!

—공승 위원!

두 사람이 타겟이었다. 정정련에서 골라준 비리 제보 의원들 중에서 둘을 찜한 강토였다. 홍선태는 서철상 계파, 공승은 석귀동 계파로 분류되었다.

은재구의 측근들이 지심철 패드를 가지고 있어 제외한 게 아니었다. 은재구에 이어 최대 계파를 이루는 무리였으니 공평하게 체크할 생각이었다.

멀리 행사장이 보였다. 사람이 많았다. 아직 행사 시간이 되기 전, 영접을 나온 관계자들은 잔뜩 긴장을 하고 높은 분들을 기다리고 있었다.

고맙게도 공승이 일착으로 도착했다. 그가 차에서 내리자 관계자들이 우르르 달려들었다. 눈도장에 손도장 찍기 바쁘다.

—체크 완료!

오래 걸리지 않았다. 이 도로 입찰부터 관련 비리가 나왔다. 그가 미는 기업이었다. 회장이 보은 인사로 금괴 다섯 개를 보냈다. 약 4억여 원이었다. 아울러 보좌관 월급 편법 이용도 나왔다. 그는 보좌관 네 명에게 입금되는 월급을 매번 돌려받았다. 월급은 기업이나 후원자들에서 사적으로 챙기도록 했다. 한마디로 삥을 뜯은 것이다. 네 월급 네가 알아서 챙겨먹으라는 작태가 아닌가?

공승은 정치 잡지사를 가지고 있었던 사람. 과거 사이비 잡지나 신문은 그런 식으로 기자들 월급을 충당한 곳이 많았다. 기사를 내주며 잡지나 신문을 강매하는 것이다. 그게 그들의 월급이 되는 것이다. 국회의원이 된 그는 과거 경험을 십분 발휘하고 있었다. 참 치졸한 인간이었다.

다음으로 두 의원이 함께 도착했다. 한 사람이 은재구 라인이었다. 홍선태가 보이지 않으므로 둘 다 서비스 체크에 들어갔다.

"……!"

은재구 라인의 의원이 가슴팍에 찔러둔 지심철을 뚫어냈다.

'됐어.'

느긋한 마음으로 둘의 비리를 탐색했다. 은재구 라인의 의원은 너저분한 비리 백화점, 옆의 의원은 소소한 후원금을 받은 정도였다.

강토는 시계를 보았다. 다음 약속 때문이었다. 장철환이 기다리고 있는 것이다.

홍선태는 마지막으로 도착했다. 국회 국토위 위원장이시니 이름값을 누리려는 걸까? 번쩍번쩍 광택을 낸 세단에서 내린 그는 개기름이 줄줄 흘러내렸다.

강토는 구경꾼들 줄에 있었다. 그가 구경꾼들 줄을 향해 손을 흔들어주었다.

땡큐!

강토의 매직 뉴런이 날아갔다. 제발, 제발 오바이트만은 나오지 않기를 바라며…….

웩!

하지만 헛된 바람이었다. 그의 단골 강북의 고급 요정이었다. 30대의 여주인이 주인공이었다. 홍선태의 내연녀였다. 둘 사이에 난 딸은 8살. 일찌감치 독일의 친척에게 유학을 보내두었다. 홍선태가 일 년이면 두 번씩, 반드시 독일을 가는 이유이기도 했다.

돈은 별로 먹지 않았다. 대신 관련 기업들에게 그 요정 이용을 부탁했다. 가급적이면 현금 사용을 부탁했다. 내연녀를 통해 축재에 탈법을 저지르고 있는 것이다.

홍선태가 커팅 줄의 가운데 자리를 잡았다.

'고귀한 일을 하시니 선물은 하나 드려야지.'

강토는 선물 꾸러미를 골랐다. 띠이랑이었다. 홍선태는 혼자 커팅을 하지 못했다. 아무리 애를 써도 손이 말을 듣지 않는 것이다. 참석한 귀빈들의 시선이 집중되었다. 그때까지도 홍선태는 낑낑 용을 쓰고 있었다.

'저 인간 뭐 잘못 처먹었나?'

모두의 시선이 그랬다.

차는 소래 포구 인근에 도착했다. 장철환이 기다리는 곳이었다. 거기 장철환이 김무혁과 함께 서 있었다. 육 비서관, 운전기사도 보였다.

"이거 귀국하자마자 납치해서 미안하네."

장철환이 손을 내밀었다.

"괜찮습니다. 미국 다녀와 보니 중국은 강원도 다녀온 기분인데요?"

민자 도로 건은 말하지 않았다.

"뭐 그렇긴 하지."

이어 김무혁에게도 인사를 했다. 그는 바다처럼 은은한 미소로 강토를 맞았다.

"앉으세."

장철환이 자리를 가리켰다. 바다를 바라보는 난전 회집의 파라솔 테이블이었다. 거기 셋이 앉았다. 미리 주문을 한 건지 잡어회가 준비되었다.

"드시게. 별건 아니지만 주인장이 아침에 잡아 온 거라니 싱싱하긴 할 거야."

장철환이 회 접시를 가리켰다.

"약주는?"

"막걸리나 한잔할까?"

장철환이 주인을 바라보았다. 50대의 주인은 말없이 막걸리 두 통을 올려놓았다. 셋이 한 모금씩 들이켰다. 바다가 가까워서 그런지 입에 쫙쫙 붙는 느낌이었다.

"간 일은 잘되었나?"

안주 한 점을 문 장철환이 물었다.

"예……."

"우리 뉴스는?"

"중국에서 보았습니다."

"기분 어떤가?"

"······."

"좋지는 않겠지."

"······."

"그래서 모셨네. 혹시라도 오해가 있으면 안 될 일이기에······."

"예······."

"자네가 돌아간 후에 대통령께서 은재구를 불렀네."

'은재구를?'

생각보다 전격적이었다. 결과를 가지고 담판을 붙인 모양이었다.

"세 장관 건과 이 대표의 자료를 내세워 딜을 했지. 모양새를 갖춰줄 테니 당 2선으로 빠지라고."

"······."

"역사에도 없는 여당 내의 정치 공작이라고 펄펄 뛰더군."

"세 장관의 비리도 말입니까?"

"차라리 청문회를 열자더군. 이 대표를 정신병자나 사이비 무속인쯤으로 비하했어. 한 개인이 그렇다고 하면 다 그런 거냐면서 국회 탄압으로 규정하고 투쟁하겠다더군. 이건 아예 무데뽀로 같이 죽자고까지 나오니······."

―같이 죽자!

은재구다운 말이었다.

"게다가 코너에 몰린 석귀동과도 연합을 한 눈치라네. 서철

상도 합류해서 대통령을 성토할 태세고. 다들 뒤가 구린 거지."

그 밥에 그 나물.

이름답게 비빔으로 놀고 있었다.

"이 대표가 알려준 자료 중의 일부를 깠는데도 막무가내였다네. 몇 가지 비리는 오히려 각을 세우더군. 나라를 위해 일하다 보면 그만한 오점은 다 안고 있게 마련이라고. 이 세상에 흠 없는 정치인 나와보라고……"

"……"

"모든 것은 다 모함이고 자기 자신은 결백하다는 거야. 당장 특검을 붙여도 받아들이겠다는 건데… 그만큼 믿는 구석이 있다는 거겠지."

"그럼 검찰을 투입해서 압수 수색을 단행하시면?"

강토가 의견을 개진했다.

"지난번에도 말했지만 그건 곤란하네."

"……?"

"그는 현행범이 아니라 현역 의원이자 여당의 간판 의원이네. 국회의원의 불체포특권과 현행범이 아니면 회기 중에 체포할 수 없다는 건 지상 최대의 특권이거든."

─불체포특권…….

─그들만의 권리.

─죄를 짓고도 국회를 방패로 삼을 수 있는 권리…….

어째서 그 특권은 만민 평등 사회인 21세기에도 유지되고 있을까? 그걸 그들이 칼자루를 쥐고 있기 때문이다. 법을 요리하는 게 국회다. 그곳의 요리사들, 최고의 매력을 발산하는 레시피, 그 권리를 포기할 리 없었다.

나아가 여야의 정쟁 때문이다. 정치 보복에서 자유롭지 못한 정치인들. 여당 쪽에서 그걸 악용해 야당 의원을 탄압할까 봐 걱정이 되는 것이다.

"그의 혐의점을 밝히고 검찰을 투입하면 증거 인멸에 들어갈 테고 밝히지 않고 추궁하면 지금처럼 오리발이자 적반하장이지. 결국 그 입으로 자인하고 물러나는 길이 최선의 방법이라네."

"장 고문님!"

"냉정하세. 지금까지의 정치적 사건을 돌아보면 대개 그랬네. 혐의 의원들은 교묘하게 본질을 흐리며 처벌에서 빠지거나 처벌을 최소화시켰지. 게다가 의원 신분을 내세워 검찰 수사조차 무력화시키고 2심, 3심을 가다 보면 이슈가 퇴색되어 흐지부지……."

"……."

"무리해서 은재구를 털면 다른 의원들까지 들고 나서게 될 걸세. 위기감을 느낀 의원들이 똘똘 뭉쳐 자기 밥그릇을 지키려고 들 테니까."

"……."

"답답하겠지만 정치적인 묘수가 필요하다네. 면목 없게도 그동안 그와 연결된 관계도 그렇고……."

강토는 반쯤 벌렸던 입을 다물었다.

진실!

세상에는 밝힐 수 없는 진실도 있다. 장철환은 그걸 말하고 있었다. 모든 걸 깠을 때의 정치적 파장. 그건 좌우와 피아를 가리지 않고 쓰나미가 될 판이었다.

하나의 비리가 시작되었다. 그 비리가 비가 되어 여러 사람을 적셨다. 처음부터 젖은 사람도 있고 잠깐 젖은 사람도 있다. 어디까지 처벌하고 어디까지 용서할까? 불법이라면 구분이 가능하지만 권력층들은 법망을 빠져나가는 신공을 갖춘 사람들이었다. 게다가 대통령도 그 빗속에 있었던 사람……

'쉿!'

빈 바람 소리가 강토 입에서 밀려 나왔다.

"혹시 알고 있나? 은재구가 믿는 구석?"

"예!"

강토, 주저 없이 대답했다. 침묵하던 김무혁의 시선이 강토를 향했다. 그도 궁금한 표정이었다.

은재구가 믿는 구석은 두 가지였다. 하나는 촘촘한 권력의 그물. 색색으로 짜인 그 태피스트리의 중심에 은재구가 있었다. 특검이 들어와도 구제될 수 있을 정도……

또 하나는 바로 지심철. 그걸 지니고 있는 한 강토 역시 그의 비리를 벗길 수 없다고 믿는 것이다. 세 장관. 그걸 주었음에도 강토에게 당했다. 웃옷을 벗었다는 말 또한 그가 들었을 일. 이제는 측근들에게 아예 몸에다 붙이고 다니라는 특명을 내렸을지도 몰랐다.

"그게 뭔가? 우리가 알 수 있나?"

장철환이 말했다.

그가 쓴 단어는 '우리'였다. 김무혁과 장철환이 함께 알기를 원한다는 뜻이었다.

"지심철입니다. 그 일 때문에 중국에 다녀왔고요."

"지심철?"

"지구 방사선파를 발산하는 특별한 광석인데 은재구가 그걸 지니고 있습니다. 측근들에게도 하나씩 나눠준 모양이고요. 그게 있는 한 제 독심에 방해가 되고요."

"하지만 이 대표는 이미 은재구의 비밀을 열어보지 않았나?"

"편법을 썼던 건데 그는 그 사실을 모르고 있을 겁니다."

"그럼 산업통상자원부 장관 무리의 일은? 그들도 은재구의 최측근이니 그 광석을 지니고 있었을 것 아닌가?"

"그래서 청와대 회의실 온도를 올려달라고 한 거였습니다. 그들의 상의에 그 광석이 들었기에 옷을 벗도록 하기 위해……."

"……!"

"이어 제가 감히 자극을 했고… 열 받은 그분들이 웃옷을 벗어놓은 채 제 멱살을 잡은 거였지요."

"오라… 이제 보니……."

"하지만 이제 은재구의 측근들은 죽어도 옷을 벗지 않을 겁니다."

"앞으로는 방법이 없다는 건가?"

"방법은 곧 찾을 수 있을 거 같습니다."

강토는 천심철의 존재를 말하지 않았다. 이번만은 장철환조

차 속일 생각이었다. 이제는 더욱더 대비를 하고 있을 은재구. 그러자면 강토의 패도 최대한 감추는 게 옳았다.

"그럼 이번 차례인 빅 쓰리와 금융위원장, 공정위위원장, 감사원장부터 제동이 걸리겠군. 거기 은재구의 라인이 있다면 말일세?"

"반대로 기회가 될지도 모르죠."

"기회?"

"빅 쓰리 검증에서 성과를 내지 못한다고 해도 그 안에 방법을 찾으면 말입니다. 오히려 은재구를 녹아웃시킬 수 있는 찬스가 되지 않을까요?"

"······?"

"육참골단(肉斬骨斷) 말입니다."

"살을 내주고 뼈를 취한다?"

김무혁이 조용히 중얼거렸다.

"그렇습니다. 빅 쓰리에서 자기 라인의 비리가 밝혀지지 않으면 은재구는 그 물질에 대해 확신을 가지게 될 겁니다."

"그다음에는?"

"그럼 공개석상의 검증에 응할지도 모릅니다. 고문님 의견과 상황을 종합해 보면 은재구는 공개 석상에서 잡아야만 합니다."

"그 안에 이 대표가 해결책을 찾지 못하면? 그는 완전한 면죄부를 거머쥐고 당권을 장악하게 되네. 그렇게 되면 검증 찬성파 의원들은 죄다 공천 아웃이야. 완전히 수습 불능이 되는 거지."

"최후의 카드도 있기는 합니다."

"뭔가?"

"뇌파 독심. 최악의 경우에는 대상자의 이성에 혼란을 줄 수도 있지요. 기자회견이나 국회 연설 등에서 뇌를 교란시켜 대권 그릇 인품이 아니라는 증거를 만인 앞에서 보여줄 수 있습니다."

"그건 곤란하네. 보이지 않는 힘이 자신에게 위해를 가한다고 주장하면 국정은 일대 혼란에 빠지고 자네가 수사 대상이 될 수도 있어."

"그렇다면 모든 걸 차치하고 저를 한번 믿어주시면 안 되겠습니까?"

강토의 목소리에 힘이 들어갔다. 법도 아니고 주먹도 아닌 정치적 논리. 강토도 이제 그걸 알았다. 그렇기에 은재구를 공개 석상에서 사냥하려는 것이다. 그러자면 미끼가 필요했다. 지심철에는 강토의 독심도 통하지 않는다는 미끼.

육참골단!

살을 내주고 뼈를 취한다.

바꿔 말하면 꼬리를 내주고 몸통을 취한다는 말. 강토가 알기로, 정치에서는 몸통이 가장 중요했다. 게다가 그따위 꼬리, 은재구를 취하면 하루아침에 취할 수 있는 일이었다.

"……!"

강토의 말에 장철환의 눈동자가 출렁거렸다. 강토는 담담하게 장철환과 김무혁을 보고 있었다. 한 번도 꿈뻑이지 않았다.

—이 사람들…….

—나를 어디까지 믿는 것인가?

강토는 궁금했다.

"이 대표 말대로 갑시다."

대답은 김무혁에게서 나왔다. 이유도 말해주었다.

"대권이란 하늘이 내리는 법, 역사적으로도 폭군이나 바르지 못한 임금이 들어선 적이 한두 번이 아니지요. 은재구가 대권을 거머쥘 사람이라면 천운이 그를 따를 겁니다."

"의원님!"

장철환의 목소리가 살짝 고조되었다.

"이 대표 한번 믿어봐요. 지금 이 일의 중심은 면목 없게도 우리가 아니라 이 대표예요."

"그렇기에 이야기를 하는 겁니다. 이 대표에게 너무 많은 짐을 지우는 것 같아서……."

"그 안에 우리가 역량을 결집해야지요. 설령 은재구 의원의 당권파를 깨지 못한다고 해도 청정 국회를 선언한 의원들이 마음을 다해 응집하면 기회는 반드시 올 겁니다."

"언제 말입니까? 이번 대선 말고 차기 말입니까? 은재구가 정권을 잡으면 차기는 더 어렵습니다."

"우리 국민들은 그렇게 어리석지 않아요. 그리고 온 세상이 다 은재구 의원의 것은 아니지요. 여기만 봐도 이 대표 같은 젊은이가 있고 장 고문처럼 국익을 위해 자신을 던지는 공직자가 있지 않습니까?"

"……!"

"나는 이 대표 의견을 지지합니다!"

김무혁은 확고했다. 평소에는 잔잔한 바다 같은 사람. 그러나 자기 신념을 밝히는 데는 해일 같은 사람. 볼수록 마음이 가는 거물이었다.

'그나마 위안……'

강토는 생각했다. 겨울 얼음 밑에서도 꽃은 핀다. 노랗게 핀다. 그 꽃 이름은 복수초. 이름만 보면 오해를 할 수 있다. 살벌한 복수가 떠오르기 때문. 그러나 그 복수가 아니라 복수초(福壽草)이다. 김무혁에게서 위로를 받았다. 복수초는 봄을 당겨올 수 있다. 단 한 송이로도.

*   *   *

짝짝짝!

박수가 실내를 울렸다. 정정련 회의실이었다. 강토가 초대를 받았다. 정치권의 향배에 대한 대책과 더불어 검증의 사회적 지지를 얻기 위한 일이었다.

그 기획은 공허 스님과 정국조가 내놓았다. 바야흐로 정치권은 대혼란에 진입했다. 자고 일어나면 무슨 무슨 의원 모임이니 포럼이니 하는 게 만들어졌다.

청렴한 의원들은 그들끼리 목청을 높였고, 구린 의원들은 치부를 가리기 위해 더 목청을 높였다. 이 난국을 정리하자면!

─하느님이 필요했다.

─부처님도 필요했다.

그분들이라면 300여 국회의원과 권력층들 중에서 썩은 인간들을 단숨에 골라낼 수 있으련만, 그 누구도 이의를 제기하지 않으련만, 강토가 중심이 되니 말이 많았던 것이다.

—네가 뭔데?

권력층의 속내는 그것이었다.

정 간사는 그동안 모은 자료를 다 내놓았다. 강토에 대한 여론의 집약이었다. 강토는 뉴스의 핵이 되어가고 있었다.

일각에서는 요승 신돈으로 비교했고, 또 일각에서는 대한민국의 메시아로 띄워 올렸다. 뇌파 검증 또한 신의 선물이거나 한 건에 눈 먼 시민 단체를 등에 업은 미증명의 월권으로 불리기도 했다.

부정적인 견해들은 물론 강토에게 당한 권력층이 지어낸 일이었다. 그들은 기를 쓰고 부정적인 면을 퍼뜨렸다.

—대한민국은 법치국가!

—법 위에 개인의 뇌파가 존재하는가?

—이강토를 먼저 정신 감정 해야 한다.

그러나!

상당수 사람들은 강토를 반겼다. 누구도 손대지 못하는 권력층의 비리였다. 그렇기에 상당수는 강토를 지지했다. 강토가 국회를 발가벗기고 모든 고위층 공직자들을 낱낱이 검증해 주기를 바랐다. 눈 가리고 아웅, 국민을 우롱하는 일이 발가벗겨지기를 바랐다.

강토가 자리에 앉았다. 테이블에는 사람들이 많았다. 방송국 채 국장도 나왔고 공허 스님도 자리를 했다. 그밖에도 각종 교 단체 대표와 사회적 신망을 받는 사람들 여섯이 참석을 했다. 정 간사가 일어나 경과 과정을 설명했다. 비리 의원들 자료도 내놓았다. 여야를 망라한 자료였다.

반대로 국민이 키워줘야 할 의원들 자료도 있었다. 줄을 잘 서지 않으면 싹을 잘라 버리는 국회. 그 못된 관행으로부터 지켜야 할 초선 의원들이었다.

자유 토론과 의견 개진이 이어졌다.

"우리도 이 대표님께 검증받고 시작해야 하는 거 아닌가요?"

여자 단체장이 반농담으로 말했다. 그러자 학계를 대표하는 학자가 반색을 했다.

"그러다가 세상이 이 대표 손안에 들겠습니다."

뼈 있는 말인지라 검증 이야기는 더 나오지 않았다.

여섯 중에 넷은 정정련에 호의적이었다. 하지만 학자는 부정적이었다. 법이 있는데 개인의 재능 하나를 믿고 권력층 전체를 매도하는 건 지나치다는 견해였다. 견해뿐만 아니라 태도도 지나치게 보수적이었다. 심지어는 국회의원들의 비리조차 옹호하기도 했다.

쉬는 시간이 되었다. 학자가 화장실로 향했다. 강토가 그 뒤에 슬쩍 따라붙었다.

"……?"

소변을 보던 그가 강토를 돌아보았다. 찔끔거리며 나오다 끊기기를 반복하는 학자. 전립선에 이상이 있다는 증거였다. 그는 크흠, 기침을 하고는 슬쩍 몸의 각도를 틀었다. 오줌발은 남자의 자존심. 강토에게 보이지 않으려는 것이다.

강토는 화장실 문을 두드렸다. 아무도 없었다. 세 개의 화장실을 다 두드렸다.

'뭐야?'

신경이 쓰이는지 학자가 돌아보았다.

"누가 있나 해서 말입니다."

강토가 웃었다.

싱겁긴!

그런 표정으로 돌아서는 학자의 귀에 강토 목소리가 따라붙었다.

"저도 모르게 박사님 마음 한편이 보였는데 말입니다."

"……?"

학자가 홱 돌아보았다.

"고추에 비밀 있으시죠?"

"무슨 소리를 하는 거요?"

학자는 바로 각을 세우고 나왔다.

"아주 오래되었네요. 뒷동산인가요?"

강토는 눈을 지그시 감고 말을 이어갔다.

"거기 여학생 셋이 있군요. 주변에는 두꺼비 소주병… 그리고 남학생들 여럿……."

"……?"

"남학생들이 자기들보다 어린 여학생들에게 강제로 술을 먹

이네요. 여학생들이 가게에서 물건을 홈치는 걸 보고 데려왔어
요. 시키는 대로 하지 않으면 주인에게 일러바친다고……."

"……!"

"여학생들이 술에 떡이 되자 남학생 한 명이 치마를 벗기고
배 위로 올라가요. 거기… 박사님도 계시네요."

"이, 이봐요!"

학자가 홈칫 물러섰다.

"인격 고매하신 박사님은 다행히… 취한 여학생들을 성폭행
하지는 않네요. 그냥 구경만 하다가 돌아섰어요. 그렇죠?"

"……?"

"그런데 이유가 있어요. 그때 마침… 이틀 전에 고래를 잡았
어요. 그래서 친구들 따라가기는 했는데 막상 하려니 거시기에
통증이 있어 하는 수 없이……."

"……?"

"아니겠죠? 아마 박사님은 경찰을 데리러 갔을 지도 모르겠
군요. 그로부터 얼마 후에 경찰이 왔고 현장에 없던 박사님은
처벌을 받지 않았으니까요. 뭐 사실 박사님이 경찰을 만난 적
은 없지만요."

"……!"

학자가 비틀 벽을 짚었다. 그의 얼굴은 창백하다 못해 푸르
게 떠가고 있었다.

"오늘 제 컨디션이 좀 안 좋은가 봅니다. 멋대로 보이는 독심
은 틀릴 수도 있으니……."

강토는 학자를 향해 의미심장한 미소를 지었다. 그런 다음 정중히 인사를 하고 그 앞을 지나쳤다. 학자는 미친 듯이 움츠러들었다. 흡사 저승사자라도 만난 듯한 표정이었다.

시크릿 메즈!

학자에게만 쓴 건 아니었다. 강토는 여섯 대표들에게 〈은재구〉와 〈석귀동〉을 검색어로 넣었다. 거기 걸린 게 이 학자였다. 은재구의 직계 라인은 아니지만 교육부 장관과 친분이 깊었다. 이해가 되었다. 장관 역시 심정적으로는 은재구 편이었으니 뻐딱하게 나올 수밖에 없었던 것이다.

그래서 비리를 뒤졌다. 그것 외에는 사소한 것들이었다.

'역시 정정련…….'

그들의 눈은 나쁘지 않았다. 학자가 성폭행에 관련된 건 그가 고1 때의 일. 이미 40년도 넘은 일인 데다 법적 처벌을 받은 것도 아니니 누구도 알 수 없는 일이었던 것이다.

휴식이 끝난 후에 의견이 모아졌다. 그 과정에서 학자는 입을 다물었다.

"동참하실 겁니까?"

천주교 측에서 온 신부가 묻자 그는 강토를 바라보았다. 강토는 아주 정중하게 눈인사를 건넸다. 그는 힘겹게 침을 넘기고서야 자기 입장을 내놓았다.

"동참합니다!"

강토는 다시 눈인사를 보냈다.

—잘했어요!

그런 뜻이었다.

"우리는 정정련이 주도하는 비리 의원 검증을 지지합니다!"

마침내 결론이 나왔다. 한 명은 정치에 관여하기 싫어 지지 명단에서 빠지길 바랐지만 개인적으로는 지지를 천명해 주었다. 그들의 결정에 도움이 된 게 채 국장이었다. 그가 강토의 인간적인 검증 실체를 따로 설명한 것. 특히 어린이 성폭행범 검거가 그랬다. 거기에 덧붙인 반달전자의 미국 대첩. 그것으로 말미암아 강토가 정치성을 띤 건 아니라고 강변한 것이다.

"사실 저도 정치는 싫어합니다."

강토의 솔직 담백한 소감도 그들의 공감을 샀다. 입에 올리기 싫지만 피할 수 없는 일. 그 소용돌이에 묻힌 강토에게 그들이 손을 내밀어준 것이다.

바로 기자회견이 이루어졌다. 방송국 송재오는 취재진의 앞줄에 있었다. 다섯 단체의 인물들은 선명한 표정으로 한목소리를 냈다.

〈우리는 권력층 비리 검증을 국민과 함께 지지합니다!〉

뉴스난이 바빠지기 시작했다. 그들은 지금까지 정치에 관여하지 않던 순수한 분야의 권위자들. 그런 사람들까지 나선 마당이니 검증은 다시 탄력을 받았다.

강토는 홍선태와 공승의 비리 자료를 정 간사에게 넘겼다. 대충 훑어본 그가 반색을 했다.

"죽여주는군요. 이거면 저들이 수작을 부릴 때 제대로 한 방 누를 수 있을 겁니다."

정 간사가 웃었다.

"이 대표님!"

뜻밖에도 휴게실에서 조아인을 만났다. 그녀도 채 국장을 따라온 모양이었다.

"언제 왔어요?"

강토가 물었다. 아인을 본 문수는 슬쩍 자리를 비켜주었다.

"왜요? 설마 나 기다린 거 아니죠?"

"온 줄도 몰랐는데 어떻게 기다려요?"

"이거 아직도 안 돼요?"

그녀가 자기 머리를 가리켰다. 뇌파 독심을 묻는 것이다.

"노력하고 있어요."

"혹시 컨설팅비 안 줘서 그런 건 아니고요?"

"흐음, 혹시 모르죠. 한 10억 안겨주시면 바로 독심이 될지도……."

"쳇, 10억이 누구 이름이에요."

"그나저나 여긴 웬일로 출동이죠? 취재기자도 아니면서……."

"분위기 좀 보러왔죠. 앵커라고 보도실 책상만 지키는 게 아니거든요."

"진짜요? 난 또 거기서 연예인처럼 메이크업이나 하는 줄 알았는데……."

"왜 이러세요? 앵커도 현장 분위기를 알아야 생생한 뉴스를 전달한다고요."

"다른 앵커들도 다 그래요?"

"실은 나도 이 대표님처럼 개척자 좀 되어보려고요. 괜히 고인 물 되었다가 검증 대상에 오르면 곤란하잖아요."

"뭐 어차피 독심도 안 되는데요."

"어머, 그러고 보니 그렇게 보면 좋은 거네? 난 내 머리가 돌이라서 못 읽는 건가 했는데……."

"나 참, 아인 씨가 돌이면……."

강토가 혀를 찼다. 명문대를 나온 조아인. 뉴스 한 번 버벅거리지 않는 그녀가 돌이라면 대한민국 국민의 상당수는 석고가 될 판이었다. 죽은 돌 석고.

"방송국 분위기는 어때요?"

"국무위원 검증은 대박이에요. 그런데 그거 제대로 발표한 거예요?"

"왜요? 너무 적어요?"

"뭐 그거야… 아예 하나도 없으면 더 좋았겠죠. 대한민국 사회가 그만큼 청정하다는 뜻이니까."

"그럼 국회 일각에서 또 나대지 않았을까요? 정부의 조작이다. 각료만 깨끗하냐 하고?"

"하긴 청문회 벌이자고 할지도 모르죠."

"숨긴 것은 없다?"

아인이 물었다.

"비밀!"

"음, 그러면 안 되죠. 우린 연합군이잖아요."

"그건 맞군요. 연합군이자 동맹군."

"그러니까 이실직고하세요. 저한테만 살짝⋯⋯."

아인이 귀를 가까이 가져왔다. 그녀의 향기도 함께 다가왔다. 강토는 도파민이 살짝 증가하는 걸 느꼈다. 큼, 코를 실룩이며 감정을 감췄다.

"몇 명 더 있긴 했는데 청와대에서 정치적인 부담 때문에 일부 누락한 거 같습니다."

"은근슬쩍 넘어가겠다?"

"청와대요?"

"아뇨, 대표님요."

"아, 진짜 집요하시네. 모두 세 명인데 곧 사표를 내게 될 겁니다. 그렇게 합의를 한 모양이에요."

"쓰레기들의 명예를 지켜주겠다는 건가요?"

"저요?"

"아뇨, 청와대요."

아인이 강토를 바라보았다. 여자면서도 도무지 거침이 없는 이 사람. 그래서 어쩐지 무한 신뢰에 보너스까지 얹히는 사람.

'세 장관을 까버릴까?'

⋯싶을 때 그녀의 눈빛이 새침하게 변했다.

"왜요?"

"그건 됐으니까 다른 거 협조하세요."

"뭐요?"

"중국 시안의 장애인 국제 청소년 야구 대회!"

'시안?'

"실은 그것 때문에 왔어요. 그러니 그거라도 이실직고하시라고요."

"그것도 알아요?"

"쳇, 이 대표님이 방송국을 우습게 아시네. 우리 보도 본부에 제보가 들어왔거든요. 신을 빙자한 어떤 뇌파 마법사가 패색이 짙은 한국 야구팀에 희망을 안기고 갔다고."

"신까지 빙자하지는 않았는데요."

"그런데 어떻게 이름만 올라간 후보 투수를 내세워 우승을 안겨요. 그거 이 대표님 맞죠?"

"예."

"아, 진짜… 그런 일 하셨으면 최소한 나한테는 연락을 하셔야죠. 그래야 저도 이 대표님 안다고 자랑질 좀 할 거 아니에요."

"아니, 나는… 그 투수 녀석 입장을 고려해서 고작 브레인 도핑 정도……."

"그게 고작이에요?"

"……."

"됐어요. 취재해도 되죠?"

"무슨 그만한 일로 취재까지……."

"참 감 없으시네. 그게 보통 일이에요? 그 소식 듣고 우리 보도국이 눈물바다가 되었다고요."

"예?"

"얼마나 감동적이에요. 녹화 봤는데 외팔의 투수와 우리 어린 선수들이 몸이 부서져라 한 몸이 되어가지고… 권력층 비리 검증만 중요한 게 아니에요. 이런 것들이 하나하나 대한민국 정화시킨다는 거 모른단 말이에요?"

"……."

"송 차장님, 여기요!"

아인이 복도를 향해 손을 들었다. 그러자 송재오와 카메라 기자가 달려왔다.

"이 대표님이 맞대요. 내가 그랬죠? 그런 사람이라면 이 대표님밖에 없다고……."

아인이 강토 등을 밀며 말을 이었다.

"고마워요. 덕분에 우리 방송국 단독으로 나가게 됐어요. 다른 방송국 기자들에겐 쉿, 알죠?"

아인이 찡긋 윙크를 날려왔다. 강토는 꼼짝없이 취재에 응하는 수밖에 없었다.

『시크릿 메즈』 7권에 계속…

미러클
테이머

인기영 장편소설
FUSION FANTASTIC STORY

MIRACLE
TAMER

이계로 떨어져 최강, 최고의 테이머가 되었다.
그러나… 남은 것은 지독한 배신뿐.

배신의 끝에서 루아진은 고향, 지구로 되돌아오게 되는데…….
몬스터가 출몰하기 시작한 지구!
그리고 몬스터를 길들일 수 있는 테이머 루아진!
그 둘의 조합은……?

『미러클 테이머』

바야흐로 시작되는
테이머 루아진과 몬스터들의 알콩달콩한
대파괴의 서사시!!

Book Publishing CHUNGEORAM

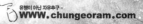

유행이 아닌 자유추구 -
WWW.chungeoram.com

FUSION FANTASTIC STORY

텀블러 장편소설

현대 천마록

천하를 호령하고, 전 무림을 통합한
일월신교의 교주 천하랑.
사람들은 그를 천마, 혹은 혈마대제라고 불렀다.

『현대 천마록』

무공의 끝은 불로불사가 되는 것이라 생각했지만
그로서도 자연의 섭리 앞에선 어쩔 수 없었다!

'그렇게 많은 피를 흘렸음에도 불구하고
죽을 때가 되니 남는 것이 없군그래.'

거듭된 고련 끝에 천하랑의 영혼이
존재하지 않게 된 그 순간
그의 영혼은 현세에서 천마로서 눈을 뜬다!

Book Publishing CHUNGEORAM

유행이 아닌 자유추구 -
WWW.chungeoram.com

FUSION FANTASTIC STORY

가프 장편소설

시크릿 메즈

SECRET MEZ

―너는 10,000개의 특별한 뉴런을 더하게 되었어.
매직 뉴런, 불멸의 뉴런이지.

실험실 알바를 통해 만난 '6번 뇌'.
우연한 만남은 이강토를 신비의 세계로 이끈다.

『 시크릿 메즈 』

매직 뉴런을 탑재한 이강토의
정재계를 아우르는 좌충우돌 정의구현!
긴장하라, 당신이 누구든 운명은 이미 그의 손안에 있으니!

"무슨 꿍꿍이가 있는지, 어디 한번 봐볼까?"

Book Publishing CHUNGEORAM

유행이 아닌 자유추구 -
WWW. chungeoram.com